新潮文庫

白河夜船

吉本ばなな著

新潮社版

7006

目次

白河夜船

白河夜船

いつから私はひとりでいる時、こんなに眠るようになったのだろう。潮が満ちるように眠りは訪れる。もう、どうしようもない。その眠りは果てしなく深く、電話のベルも、外をゆく車の音も、私の耳には響かない。なにもつらくはないし、淋《さび》しいわけでもない、そこにはただすとんとした眠りの世界があるだけだ。

目覚める瞬間だけが、ちょっと淋しい。薄曇りの空を見上げると、眠ってからもうずいぶんと時間がたってしまったのを知る。眠るつもりなんかなかったのに、一日を棒にふったなあ……とぼんやり思う。屈辱によく似たその重い後悔の中で私はふいにひやりとする。

いつから眠りに身をまかせるようになってしまったのだろう。いつから抵抗を止《や》めたのだろう……私が溌剌《はつらつ》としていつもはっきり目覚めていたのはいつ頃なのだろう。それはあまりにはるかすぎて、太古のことのように思えた。シダや恐竜が荒々しく生き生きとした色で目に映る、遠い昔のことのようにかすんだ画面としてしか思い出せなかった。

私はたとえ眠っていても、それでも恋人の電話だけはわかる。

岩永さんからの電話のベルは音がはっきりと違って聞こえる。なぜだか私にはどうしてもわかってしまうのだ。他のもろもろの音が外側から聞こえるのに対して、彼からの電話はまるでヘッドホンをしている時のように頭の内側に快く響く。そして私が起き上がって受話器を取ると、あの、ぎょっとするほど低い声で彼が私の名を呼ぶのだ。

「寺子?」

私がそう、と答えるその声のあまりの空《うつ》ろさに彼は少し笑って、いつでも同じように、

「また寝てたんでしょう。」

と言う。ふだんは全然敬語を交えないで話す彼がふいにそう言ってくれるその言い方があまりにも好きで、聞く度に世界がふっと閉じるように思う。シャッターが降りてくるように盲目になる。その響きの余韻を永遠のように味わう。

「そう、寝てたわ。」

やっと意識がはっきりしてきて私は言う。この前、電話がかかってきたのは雨の夕方だった。どしゃ降りの雨音とずっしり重い空の色が街中を包んでいる中でその時ふいに、その電話だけが私と外界をつないでいるとてつもなく重要なラインに思えた。彼の声が待ち合わせの時間と場所を告げはじめると、私はもうつまらなくなってしまう。そんなことよりも私の好きな「また寝てたんでしょう」をもういっぺんやってほしい、アンコールだ、と足で床を踏み鳴らすマネをしながらメモを取る。はい、何時ね。はい、あそこで。

もしも今、私たちのやっていることを本物の恋だと誰かが保証してくれたら、私は安堵《あんど》のあまりその人の足元にひざまずくだろう。そしてもしもそうでなければ、これが過ぎていってしまうことならば私はずっと今のまま眠りたいので、彼のベルをわからなくしてほしい。私を今すぐひとりにしてほしい。

そんな不安に疲れた気持ちで、私は彼と出会って一年半目の夏を迎えていた。

「友達が死んだの。」

のひと言を言いそびれて二カ月になる。言えば彼は真剣に耳を傾けてくれることがわかっているのに、どうして言えずにいるのか自分でもよくわからない。

夜の中で、いつも思案する。言おうか、今、言いはじめようか。
私は歩きながら、言葉を探す。

友達が死んだの。あなたは会ったことなかったわね。いちばん仲良しだった女の子、しおりっていうの。大学を出てから、ものすごく変わった仕事をしていた。うーんとね、手の込んだ売春みたいなこと、サービス業。でも、本当にいい子で、大学の頃は今、私の住んでいる部屋に二人で住んでいたの。もう、最高だった。楽しくって仕方なかった。なにもこわいことなんかなくて、二人で毎日いろんなことしゃべったり、徹夜したり、ぐでんぐでんに酔っぱらったりね。外でいやなことがあっても、部屋に帰って大騒ぎして冗談にして忘れちゃうの。楽しかったなあ。あなたとのこともよく相談したのよ。相談っていってもほら、悪口とか言ったり、のろけてみたり、お互いにそんなことばっかりだったけど。ほら、わかるでしょう、男の人と女の人って、絶対に友達になれないじゃない？　本当に気安くなった時ってもう、恋じゃないじゃない、そういうんじゃなくて、しおりとはね、本当に仲良しだった。しおりといると、うまく言えないけど、人生の重みがずっしりくる時に、それが半分になるの。気持ちが楽になってね、別になにをしてくれるわけでもないのに、いくら気を許し合ってもべたっとこなくてね、ちょうど良く優しい感じでね。女友達っていいわよね。あなたがいて、しおりがいて、あの頃はいつも悩んでばっかりいたけど、そんなの子供の遊びみたいなもので、今思うとお祭りみたい。毎日、泣いたり笑ったりしていた。そう、しおりって本当にいい子で、人の話をうん、うんってうなずいて聞く時にいつも少し、口元を微笑《ほほえ》ませていたわ。そしてえくぼができるの。でも、しおりは自殺しちゃったの。もうとっくに私の所を出てひとりで豪華な部屋に住んでいたんだけど、睡眠薬をたくさん飲んで、その部屋の小さなシングルベッドの中で死んでしまった。……あの子は、仕事用の部屋にものすごく大きな、それこそ中世の貴族が眠っちゃうようなふかふかの、天蓋《てんがい》つきのベッドを持っていたくせにどうしてそっちで死ななかったのかしらね。友達でもそういうことは、わからないものね。どうせなら、そっちのほうが、天国に行けそうだもんねえって、しおりなら言いそうなんだけれど。私は、田舎から飛んで出てきたしおりのお母さんからの電話でしおりの死を知った。初めてお会いしたんだけど、しおりによく似ていて、胸がいっぱいになってしまって、しおりのしていた仕事のことを聞かれたんだけど、ついに答えられなかった。

やっぱりうまく言えそうもない。思いを伝えようとすればするほど私の言葉は粉になり、前のめりの勢いにのって風に消えていってしまうのがわかるので口に出さない。この言い方ではなにひとつ伝わらない。結局正しいのは、友達が死んだの、というところだけだ。いったい、どう言い表せばこの淋しさを伝えることができるのか……。そう思いながら、夏近い夜空の下を歩く。駅前の大きな歩道橋を渡りながら彼は言う。

「明日は午後に仕事に出ればいいんだ。」

車の列はずらりと光って、遠いカーブを曲がってゆく。いきなり夜が無限に永くなったように思えて、私は嬉《うれ》しくなる。しおりのことなんて忘れてしまう。

「じゃあ、泊まっていきましょう。」はしゃいで手を取り私が言うと、彼はいつもの少し笑った横顔で、

「そうだね。」

と言う。私は幸福になる。夜が好きだ。好きでたまらない。夜の中ではなにもかもが可能になるように思えて、私はちっとも眠くならない。

彼といると時折、「夜の果て」を見てしまうことがあった。私にとってそれは、これまでに見たことのない光景だった。

最中のことではない。最中にはただ二人の間にはなんの隙間《すきま》もなく、心がさまようこともない。彼はセックスの最中になにもしゃべらない人なので、あんまりそうなので、私はよくふざけていろいろなことを言わせようとするけれど、本当は黙っていることがとても好きだった。なんだか彼を通して巨大な夜と寝ているような気がする。言葉がない分、彼本人よりももっと深いところにある本当の彼を丸ごと抱いているような気がする。もう寝ようか、と体を離す時まで、なにひとつ考えなくていい。目を閉じて、本当の彼のことだけ感じていればいい。

それは夜更《よふ》けのことだ。

そこが大きなホテルであっても、駅の裏にあるような安宿でも変わりはない。真夜中に、なんだか雨や風の音が聞こえる気がして、ふと目が覚める。そうするとどうしても外が見たくなって、私は窓を開ける。熱気のこもった部屋にしんと冷たい風が入ってきて、星がまたたいているのが見える。あるいは、しとしとと雨が降りはじめている。

しばらくそれを眺めながら、ふととなりを見ると眠っているとばかり思っていた彼がぱっちり目を開けている。私はなぜか言葉を失《な》くして、黙ってその目をのぞき込む。横たわった姿勢のままで外が見えないはずなのに、彼は窓の外の音や景色が映っているように明るく澄んだまなざしをしている。

「外は？」

と彼がとても静かな調子でたずねる。

「雨よ。」とか「風よ。」とか「よく晴れて星が見えるわ。」とか私が答える。なんだか淋しくて気が変になりそうになる。なぜ、この人といるとこんなに淋しいのか。二人の間にある複雑な事情のせいかもしれないし、私が二人のことに関して好きという気持ち以外のなにも、どうしたいというはっきりした気持ちを持っていないからなのかもしれない。

ただひとつ、ずっとわかっていることは、この恋が淋しさに支えられているということだけだ。この光るように孤独な闇《やみ》の中に二人でひっそりいることの、じんとしびれるような心地から立ち上がれずにいるのだ。

そこが、夜の果てだ。

就職した小さな会社があまりにも忙しく、ちっとも彼と逢《あ》う時間がとれなくなったので私はすぐにきっぱり辞めてしまった。なにもしなくなってもう半年近くなる。昼間やることがないので、自分だけの買い物や、洗濯をしてたいていの日中をのんびりと過ごしていた。

私には大した額ではないが貯金があったし、自分のために勤めを辞めたんだからと言って、彼が毎月、びっくりするほどの額を振り込んでくれるので、生活は楽だった。初め一瞬、「これこそが愛人の暮らしかしら」とためらったが、くれるものはもらっておくのが私の人生のやり方なので、喜んでいただいておくことにした。つまりはひまだから、寝てばかりいるのかもしれない。こんな女の子が日本中に何人いるのかわからないが、昼間のデパートで会う、大学生でも自由業でもなさそうな妙にぼんやりとした子なんかが、もしかしたらそうなのかもしれないと思う。そういう自分こそが、真に無目的な瞳《ひとみ》をして歩いているのが、よくわかるのだ。

そうやって街を歩いていた晴れた午後、友人にばったり会った。

「元気ー?」

と私は駆け寄って行った。彼は大学時代の友人で、とても賢くて良い人柄の少年だった。しおりはほんのわずかの間だが、彼とつきあっていたことがあった。何カ月間かは一緒に住んでもいた。

「うん、元気だよ。」

と彼は笑った。

「なに？　仕事中なの？」

黒いシャツにコットンのパンツという、全く私服にしか見えない恰好《かっこう》の彼は、手ぶらで封筒をひとつ持っているだけだった。

「そうだよー。届け物に行く最中なんだ。君は相変らず、なんだかひまそうだねー。」

語尾を優しい感じにのばすのが彼の話し方の特徴だった。青空の下で彼はにこにこ笑っていた。

「うん、ひま。なにもしていないの。」

私は言った。

「優雅だなあ。」

「そう。ねえ、駅に行くんでしょう？　向こうの角まで一緒に行きましょう。」

私たちは歩き出した。

町並みの形に切りとられた青い空が、奇妙にくっきりと光っていて、私はさっきからずっと自分が異国にいるような気がしていた。真昼の街やその陽ざしは、時々、記憶やいろいろなことを混乱させる。夏の最中ではますますそうだ。腕がじりじりと焼けていくのがわかるようだった。

「暑いな。」

「暑いわね。」

「しおりさー、死んじゃったんだって？」彼は言った。「最近、知ったんだ。」

「そう。故郷からご両親が出てきちゃって、大変だったのよ。」

私は変な答え方をした。

「だろうなあ。なんか、おかしなバイトしてたんでしょう？　あいつ。」

「そうね。世の中にはいろんな商売があるなと思ったわ。」

「仕事のせいで死んだの？」

「……わかんない。でも、多分違うと思うわ。」

「そうだな、そんなの本人にしかわかんないよな。でも、いつもにこにこしてて、いい子だったなあ。あいつに死ぬほどの悩みがあったっていうの、俺わかんない。」

「私もよ。」

それから二人はしばらく黙って、広い坂道をゆっくりと並んで下って行った。車が幾台も追い抜き、陽ざしは正面からまぶしく照らした。濡《ぬ》れた髪のしおり、爪《つめ》を切るしおり、洗い物をする後ろ姿、朝日の中の寝顔……となりを歩くこの人は一緒に暮らした者だけが知っている場面を共有している。それはなんだかとても不思議なことだった。

「君はなに、相変らず不倫か？」

ふいに彼が笑って言った。

「そういう言い方って、ないでしょう。」私も笑ってそう言った。「そうよ。まだ別れていないわ。」

「少しはまじめに恋をしなさいよ。」全くかげりのない明るい口調だったので、かえってずっしりきた。「昔っから君、大人っぽかったものね。歳上《としうえ》の人が好きなんだね。」

「そうね。」

私は微笑んだ。

私は、自分でもこわいくらいまじめで、もしこの恋が終わったらと思うと手足が震えてしまうくらいなのに。でも、いつ終わってもおかしくないような形でずっときて、それでも私の気持ちは静かに燃え続けているのに。

「じゃあまたな、なにか集まりでもあったら呼んでくれ。」

地下鉄の駅の入口にさしかかると、そう言って彼は片手を上げ、薄暗い階段を地下へ降りて行った。じりじりと照る陽の中でなんとなく名残惜しく、私はその背中を見送っていた。私の心の中の明るいところがあの子の背中について行ってしまったような、がらんとした気分だった。

当時、彼と別れた後すぐにしおりは私の部屋へころがり込んできた。ちゃんと仕送りももらっているし、きちんとした暮らしが好きな子なのになぜかひとつ所に住みたがらず、引っ越す度に本でも贈り物でもすぐに捨ててしまう。荷物を増やすのが嫌いなのよと言っていた。彼女は彼の部屋から枕《まくら》とタオルケットと、ボストンひとつでやってきた。全然淋《さび》しがり屋ではないのに、いつも友達の家を転々としていて、それが趣味のように見えた。

「どうして別れちゃったの？」

と私はたずねた。

「うーん、そうね。でも、ほら、居候《いそうろう》は私のほうでしょう。私が出ないと話がはじまらないし。」

しおりは曖昧《あいまい》な答え方をした。

「彼のどこを好きだったの？」

私はたずねた。

「しゃべり方がうんと優しいでしょう。」と言ってしおりはちょっと懐《なつ》かしそうに微笑んだ。「でも、一緒に住んでみたら、いつもうんと優しくしゃべっているわけじゃないって、いやっていうほどわかっちゃった。寺子と住むほうが、よっぽど楽しい。寺子、いつでも優しいし。」

しおりはそう言うとまた、にこっとした。白いほほ、淡い瞳、まるでマシュマロのような笑顔だった。その頃は二人共まだ大学に通っていて、生活の時間帯はほとんど同じだったのに、しじゅう顔を合わせていてもけんかもしなかった。しおりはいつの間にか私の部屋にしっくりとなじみ、空気に溶けるように自然にそこにいた。

私は本当は男の人よりも女のほうがずっと好きなのかもしれない、しおりといると、レズというような意味じゃなくて、時々心からそう思った。そのくらい、彼女はいい子で、一緒にいて楽しかった。彼女は色白でふっくらしていて、とても目が細く、胸が大きかった。決して美人とは言えなかったし、あまりにもおっとりとしたその立居ふるまいが「おっかさん」を思わせてしまう、いわゆるセックスアピールというものがまるでないタイプの人だった。ただとても口数が少なく、女らしくて、しおりを思い出すといつもその外見よりも周囲に漂う柔かい面影だけが浮かんだ。彼女がまだいた時、なんとなく影の淡い彼女の微笑《ほほえ》みを、その目尻《めじり》にできる深いしわを見ると、時々私はわけもわからずに彼女のただ大きいだけの胸に顔を埋《うず》めてわんわん泣いて、なにもかもを洗いざらいしゃべりたくなることがあった。悪いこと、うそをついたこと、これからのこと、疲れたこと、がまんのこと、暗い夜のこと、不安のこと、なんでもかんでもを。そして、父や母や故郷の月や、田畑の上をうつろう風の色を思い出したくなった。

しおりはそういう種類の女の子だった。

ほんのひと時のことだったが、その古い友人との出会いは私の頭の中をとても混乱させた。なんだか目まいのしそうな陽ざしの中を、ひとり、部屋に帰り着いた。私の部屋には午後、たくさん陽が入る。まぶしい光の中で私は洗濯物をとり込みながら、頭がぼんやりした。ほほにあたる白いシーツから、洗われた布の良い香りがした。なんだか眠くなってきて、シャワーのように降り注ぐ光を背に受けて衣類をたたみながら、クーラーの冷たい風にさらされて私はうとうとしてきた。こういうきっかけで入る昼寝はとても気持ちが良い。金色の夢が見られそうな気がする。私はスカートだけ脱いで、ずるずるとベッドに入った。最近は夢も見ない。すぐ真っ暗になる。

ふいに眠りにねじ込んでくる電話のベルで意識が戻ってきた。これはあの人からの電話だ、と起き上がって時計を見たら、眠ってから十分もたっていなかった。他からの電話は全部気づかずに眠っていられるのだから、この程度のこともＥＳＰと呼んでくれたら、私も立派な超能力者だと思う。

「寺子か？」

受話器を取ると、彼がそう言った。

「はい、私。」

「寝てたんでしょう。」

なんだか嬉《うれ》しそうに彼は言った。私もいつものその響きが心地良くて、思わずひとり微笑んだ。

「もう起きるところ。」

「うそをつけ。ところでね今日、晩めしを食わないか。」

「いいわよ。」

「じゃあ、いつもの場所で七時半な。」

「はい。」

電話を切り、部屋は相変らず光に満ちてしんとしている。ものの影がすべてくっきりと濃く床に映り、時間が切りとられている。しばらく眺めていたが、なにもする気にならなくてまたベッドに入ってしまった。今度は眠る前にちょっとしおりのことを考えた。

しおりの最後の恋人だったさっきの男の子は、しおりが「仕事のせい」で死んだのか、と私にたずねた。わからないと言いながらもそれは多分遠いところでは正解なんだろうなと私は心の中であの時、思っていた。

しおりはあの仕事にとりつかれていたし、夢中だった。それでこの部屋も出てしまったのだ。確かにある意味ではそれは彼女の天職といえたかもしれない、彼女にしかできない仕事だった。彼女が友人の紹介でやっていた水商売のアルバイトのお客にスカウトされたという、それは秘密のクラブのような、いや、変わった売春のような組織だった。彼女がしていたのはただ客と「添い寝」をする仕事だ。私も初め聞いた時はびっくりした。

彼女がその、雇い主のパトロンからあてがわれたマンションの自分の部屋の一階下に、仕事用の部屋があり、そこには前にも述べたが実に眠りやすい巨大なダブルベッドが置かれていた。私も一度だけ見たことがある。そこはホテルのようというよりむしろ外国のようだった。映画の中だけでかつて見たことのある、本物の寝室だった。そこでしおりは週に何度か、お客と共に朝まで眠るのだ。

「ええっ、性交渉はないの？」

と私はたずねた。いよいよしおりが仕事に深入りして、部屋を出て行って仕事場のあるマンションに住み込むことを私に打ち明けた夜のことだった。

「いやあね。そういう人はそういう所へ行くのよ。」

と、ただ丸く彼女は微笑んだ。

「いろんな仕事があるのね……。需要と供給ということなんでしょうね。」出て行くと言うものを止めることはできなかった。それに、しおりがなんだかわからないけれどその不思議な仕事の虜《とりこ》になっているのを知っていた。「淋しくなるわ。」と私は言い、

「私の部屋のほうは普通の部屋だもの、遊びに来て。」

しおりが言った。まだ荷造りもはじめていなかったので、あまりにも部屋になじんでいる彼女が去ることがまだよく理解できなかった。二人で床にいつものようにすわって、音楽のビデオをなんとなく観《み》て、曲が良いとかルックスが悪いとか、文句を言いながら夜更《よふか》ししていた。しおりといると、時間が奇妙にゆがむような気がいつもした。それはとても優しい顔立ちをしている彼女の細い瞳《ひとみ》がいつも青い月のように暗くおぼろだったからだ。

私のベッドに並べて、床にふとんを敷いて眠っていた彼女の真っ白い腕が、部屋を

暗くすると月明かりにくっきりとよく見えたものだった。暗くしてからのおしゃべりは、二人共もっと際限なかった。よくあんなにしゃべることがあったと思う。その夜のしおりは特別たくさん、仕事の話をした。闇《やみ》の中でしおりの細い声が、楽器の調べのように流れてゆくのを聞いていた。

「私はね、ひと晩中、眠るわけにいかないの。だって、もし夜中にとなりの人が目を覚ました時、私がぐうぐう眠っていたら、私の仕事にはあんまり価値がないっていうか、プロじゃないのよ、わかる？　決して淋しくさせてはいけないの。私の所へやってくる人は、もちろん人づての人ばかりだけれど、みんな身分はきちんとした人ばかりよ。ものすごくデリケートな形で傷ついて、疲れ果てている人ばかりなの。自分が疲れちゃっていることすらわからないくらいにね。それで、必ずと言っていいほど、夜中に目を覚ますのよ。そういう時に、淡い明かりの中で私がにっこり微笑んであげることが大切なの。そして、氷水をいっぱい、手渡してあげるのね。コーヒーの時もあるけれど、それはキッチンに行って淹《い》れてくるのね、ちゃんと。そうするとたいてい安心して、またぐっすり眠るものなのね、人は。人はみんな、誰かにただとなりに眠ってほしいものなんだなあって思うの。女の人もいるし、外国の人もいるのよ。それでも私だって、結構いい加減だから、寝ちゃう時もあるけどね。……そうそう、そういう疲れた人のとなりに眠っているとね、その寝息に息を合わせてゆくとね、その人の心の暗闇を吸いとってしまうのかもしれない。眠っちゃだめ、と思いながら、うとうとと恐ろしい夢を見ることがあるのよ。シュールなの。沈んでゆく船に乗り込んでいる夢、集めていたコインを失くしてしまう夢、闇が窓から入ってきて、のどをふさがれてしまう夢……どきっとして、ぎょっとして目が覚めるの。なんだか、こわい。まだ眠っているとなりの人を見る時、ああ、今、この人の心の風景を見たんだわ。それはあんなに淋しくてつらい、荒れた眺めなんだわ、と思う時ね……なんか、こわいの。」

月明かりの中でしおりは真上を見ていた。その白眼のところが薄く光って見えて、私は「それはしおりの心の中の風景なのでは」と思ったことをなぜか口に出せなかった。でも絶対、そうだと思った。泣きたいくらい、そうだと思った。

夏はもう半ばまで来ていた。待ち合わせ場所の店にやってきた彼の半そでの腕を見るとなんとなくそぐわなくていつもぎょっとした。出会ったのが冬だったせいか、なんとなく彼にはいつもコートやセーターのイメージがある。二人で逢《あ》っていると、北風の中を歩いている気がする。自分が狂っていると思う。こんなにがんがん冷房のきいた店の中で、外はむっと暑い熱帯夜だというのに、心の風景は変わらない。

「出ようか。」

と、目の前に彼がやってくるまでずっとただ目で追っていた私を不思議そうに見つめて、彼が言った。それでも私はまだしばらくぼんやりとその瞳を見上げて、

「そうね。」

と立ち上がった。会ったとたんはいつもなんだかぼんやりしてしまう。

「今日はなにしてたんだ？」

と彼がいつものようになんとなくたずねた。

「部屋にいた……あ、昼間、ちょっと古い友達に会った。」

「男の子か？　デートだな。」

彼が笑って言ったので、

「若い男の子よ。」

と私も笑いながら言うと、

「そうかよ。」

と少しすねた。たった六歳の歳《とし》のひらきを彼が変に気にするのは、私の容姿が異様に幼いからかもしれない。化粧をせずに外に出ると、時々高校生に間違われるほどだ。

大学を出てから、私は歳をとっていないようだ。暮らし方のせいかもしれない。

「今日はゆっくり遊べるの?」

とたずねた私の目を哀《かな》しそうにのぞき込んで、すまなそうに彼が言った。

「今日は、ちょっと親類の者に会わなくてはいけないんだ。晩めしだけ一緒に食おう。」

「親類? あなたの?」

「いや、先方の。」

もう最近はかくそうともしない。私のカンが良すぎて、わかってしまうからだろう。

彼には、妻がいた。

もう意識がない、眠ったまま病院でひっそり生きている妻だった。

初めて彼と二人できちんと逢ったのは真冬で、車で海へ行った。私がバイトを辞めた次の日曜、デートに誘われたのだ。バイト先の上司だった彼が、妻帯者であることを、私は知ってはいた。永い永い一日だった。

その日に私の中ですでに、なにか大きな変化がはじまっていたのを、今、私は感じることができる。その日のどこかに、私はただ健やかな娘だった私を置いてきてしまった。なにが変わったわけでもないのに、その日のうちに私と彼は二人いっぺんに、抗《あらが》うことのできないなにか大きくて暗い運命の流れに巻き込まれはじめてしまった。それは単に恋が生みだす性の勢いなんかじゃなくて、もっと巨大でものすごく悲しい、二人の力ではどうすることもできない流れだった。

でもとにかくその時はまだ私はただ明るい気持ちで、元気いっぱいで、まだキスもしていなくて、彼のことを誰よりもとても大好きだった。彼の運転で海沿いの道をずっと走っている間、とても海がきれいで、光に揺れる波に合わせて、ものすごいエネルギーが自分の内にきらきらと湧《わ》き上がってくるのを感じて、ただ幸福だった。

浜に降りて少し歩くと、すぐにパンプスの中が砂まみれになった。それでも潮風は心地良く、陽ざしは淡かった。寒くてあんまり外にいられないのを知っていたので、いっそう波音が恋しかった。ふと思いついて、私は彼の顔を下からのぞき込むようにして、茶化すようにたずねた。

「岩永さんの奥さんはどんな人ですか？」

彼は苦笑して言った。

「植物人間なんだ。」

不謹慎だとは思うが、その問いと答えを思い出す度に、私はぷっと吹き出してしまう。

——奥さんはどんな人ですか？　植物人間なんだ。

でも、その時はさすがに笑えなかった私はただ目を見開いて、

「え？」

と言った。

「自分で運転していた車で事故を起こして以来、ずっと入院している。一年になるかな。だから、こんな風に女の子とデートしたりできるんですよ、日曜に。」

彼が明るい調子でそう言ったままポケットにしまっていた手を私は引っぱり出した。熱い手だった。私はただびっくりして言った。

「うそでしょう？」

「こんな変なうそついてもしょうがないでしょう。」

「それも、そうね。」私は自分の両手の中に彼の手を包み込んだ。「お見舞いとか、看病とかしているの？　大変なの？」

「この話はよそう。」と彼が視線をそらして言った。「大体、女房持ちが恋をしたら、植物人間でなくったってずっしり重いものを背おって会いに来てることには変わんないよ。」

と言って私は彼の手をほほに持ってきた。風が耳元で音を止めた。冬の匂《にお》いがした。遠く海上に光る雲が空に溶けて、紫に見えた。彼の手のひらごしに波音が小さく響いていた。

「行きましょう。」私は言った。「冷えちゃった。熱いお茶でも飲みに行きましょう。」

自然に離そうとした私の手を、彼はほんの一瞬ぎゅっと強く握った。そして、びっくりして見上げた時その、海より深い、無窮を見つめるような瞳の色に、私はあらゆることを感じとった気がした。

彼のこと、彼と私の大恋愛のきざしのこと、その瞬間、二人の間にあるなにかを私はまるごとすべてずっしりと見てとった。その時初めて私は本当に彼に恋をした。その瞬間、海の前で、今までのいい加減な気持ちがするりと本当の恋にすり替わった。

食事をしながら、時間を気にするのは私のほうだった。

「まだ行かなくていいの？」

と、三回くらいたずねた。夜の八時過ぎにやってくる親類なんて珍しいと思ったのだ。

「その冗談も変よ。」

「俺がいいって言ってるんだから、いいんだよ。」と言って、彼は中華の丸いテーブルを必要以上にぐるぐる回して笑った。

「食べろ食べろ、そんな心配してないで。」

「回ってちゃ食べられないわよ。」

目の前をまるでメリーゴーランドのような勢いで回る料理を見て、私はくすくす笑った。遠くでウエイターがいやな顔をしていた。

「いいんだ。俺が車で泊まりに行くんだから。仕事で遅くなりますって言ってある。いい人たちなんだよな、すごく。」

「結婚って、そういうところがすてきね。」私は言った。「今まで他人だったいい人たちと親族になれるのね。」

「それって、皮肉じゃないんだろ？」不安げに彼は言った。

「うん、ないわ。」

本当に皮肉ではなかった。あまりにも遠くて、自分との接点が見つからなかったのだ。

「奥さんも、いい人……だった？」

私はたずねた。彼女が意識を取り戻す可能性はもう全くないらしかった。後は話し合いと、気持ちの問題だと、彼は言う。

「うん、いい人だった。育ちが良くて、しゃきっとしていて、涙もろくてね。あわて者で、運転が下手くそで、だから事故を起こしてしまった。これでいいか？　妻の話は。」

「はーい。」

と私は言った。私はそれほどなんとも思いはしないというのに、本当にいつも彼は、ことさらにその話題を嫌った。私は杏《あんず》の味がする甘いお酒を飲んでいた。酔ってもなぜか少しも眠くならず、テーブルの向こう側にいる彼の姿がますますくっきり見えた。

私にはよくわかっていた。私たちはみんな、木の股《また》から生まれたわけではない。彼には両親がいて、彼女にも悲しみに沈む両親がいると思う。突然の不幸に巻き込まれて派生した、たくさんの現実のこと、病院や付き添いや費用や離婚や戸籍や死の決定や……そういうことが確かにあるのだ。

時々、そういうことをみんな知っていると思い切り告げたくなる。口に出したくなる。言えば彼がショックを受けて、いろいろ考えてくれることを知っている。

ねえ、あなたはそういうすべてのことに、ものすごくきちんとかかわりたいと思っているんでしょう？　最後まで手を抜かずに、そういう人たちの誰からも頼りにされ続けてあげたいのよね。でも、誰のためでもないの。自分が許せないの。ええかっこしいのあなたは、自分がかっこいいと思うやり方をとにかく貫くし、妻への愛をその中に上手にまぎれ込ませる。それから、それを人ごとだと思いながら、そのかっこ良さをちゃんと見ている私のことも、本当のところでは人ごとと思えない私の人の良さ切なさも、ちゃんと知っている。本当はすごく冷たい人なのよ、あなたは。でもそうなの、わかっているでしょう？
大好きなの。たまらなく好きなの、そのやり方、……そうね、やっぱり私は自分からいつの間にかこの出来事にまるごと組み込まれてしまっているのかもね。

いつも決まって思考がそこにたどり着く度に、言う気が失《う》せてしまう。だからなんの波風も立たず、私たちはこの状態のまま、ずっと静かにストップしていた。彼らは日夜、人の生死を話し合い、支え合い、私は無言で愛人のように日々を送り、彼女は眠り続ける。そんな中で、

〝私たちの恋は現実ではない〟

この言葉は、ずっと最初の頃からいつも頭の中を行ったり来たりしていた。いやな

予感のする、語感だった。疲れれば疲れるほど彼は、現実から遠いところへ私を置くようにしている。はっきりとそう言わないので本人にとって無意識の望みには違いないのだが、私をなるべく働かせず、いつも部屋にいてひっそりと暮らすことを好み、逢う時は街の中で夢の影のように逢う。美しい服を着せて、泣くことも笑うことも淡いものを求める。いや、やはりそれも彼だけのせいではない。彼の心の疲れの暗闇《くらやみ》を写しとった私が、そういうふうにふるまうことを好んでいるのだ。二人の間にはなにか淋《さび》しいものがあって、それを大切に守るように恋をしている。だから、今はいいのだ。今はまだ。

「車で送っていってあげましょう。」

店を出て、駐車場に向かいながら彼が言った。

「あなたの、その、何々しましょうっていう言い方って本当に好きよ。」

私は言った。

「そうでしょう。」

彼は笑い、

「それはちょっとニュアンスが違うみたいよ。」私も笑った。「まだ早いし、歩いて帰るわ。酔いをさましながら。」

「そうかい。」

と少し暗い声で言った、彼の顔が、暗がりの中でとてもやつれて見えた。ずらりと並ぶ車がひどくしんとしたものに感じられた。せまい駐車場がこの世の果てのように思えた。別れ際《ぎわ》はいつも少しそういう気分になる。

「なんだか、すごく歳とって見える。」

とふざけて言った私に、車に乗り込みながら真顔で彼は言った。

「疲れてて自分でもなにがなんだかよくわかんないんだけどね、時間の問題なんだ、もう。こういう言い方は、誰に対しても失礼だけれどね、先のことも今はなにも考えられないけどな。」

まるで独白のようだった。

「うん、知ってるわ。もう、いいわ。」

あわててそう告げて、私は車のドアを閉めてあげた。それ以上聞きたくなかった。私は夜道を歩き出すと、クラクションを鳴らして彼の車が私の横を通り過ぎて行った。私は笑って手を振ったが、まるでチェシャ猫のように自分の笑顔だけが闇に残ったような気がした。

かたわらに恋人がいてもいなくても、私は酔って歩く夜道が好きだった。月影が街を満たし、ビルの影がどこまでも連なる。自分の足音と遠い車の音が重なり合う。都会の真夜中は空が妙に明るくて、どこか不安になり、どこか安心する。足は淡々と自分の部屋を目指していたが、心は全然、帰ろうとしていないのがなんとなくわかっていた。そうだ。私はしおりの所へ行こうとしている。こんな夜は、しおりの部屋にいつも寄った。商売用の部屋のほうではなく、個人の部屋のほうだ。酔っているせいか、眠りすぎているせいか、いよいよ回想と現実の境目が危うくなっているのがわかる。最近の私は変だ。今も、しおりのマンションのエレベーターに乗り、部屋を訪ねれば必ず会える気がしてならなかった。

そう、こんなふうになんとなく淋しい、気の抜けたデートの後は、よくしおりを訪ねた。

そうでなくても、彼といると、ただでさえ無性に淋しかった。どうしてだろう、いつもなんだか悲しくて、青い夜の底にどこまでも沈んでゆきながら遠く光る月を懐《なつ》かしむような、爪《つめ》の先までただ青く染まるような思いがつきまとった。

彼といると、私は無口な女になった。

いくらしおりにそう言っても、いつもおしゃべりな私のことを、ちっとも信じてはくれなかったけれど、私は彼といるとただ話を聞いてうなずいてばかりいた。「話す」リズムと「うなずき」のリズムがほとんど芸術の域に達して絶妙のバランスをとりはじめた頃、私はそれがしおりの添い寝によく似ているような気がして、いつだか、言ってみたことがあった。

「どうして、あの人と寝ているといつも真冬っぽいのかしら。」

「あ、わかるわかる。」

しおりは言った。

「どうしてそんなにすぐわかっちゃうのよ、話も聞かないうちから、わかるわけないじゃない。」

私が怒ると、

「だって私、プロだもの。」としおりは目を細めて言った。「あのねえ、そういう人は決まった約束ごと以外はとりあえず全部無だと思ってるのよ。」

「む？」

「だから、不安なのよ。寺子を自分のものだと思うと、自分の立場とかがものすごく不利でしょう？　だから、今のところは、あなたはとりあえず無なの、保留なの、ポーズのボタン押してるの、買い置きなの、人生のおまけなの。」

「ええっ……わかるような気もするけど……無って、どんなの。私、あの人の中でどんなところにいることになってるの。」

「真っ暗闇の中よ。」

しおりは笑った。


私はとてもしおりに会いたかった。それで、決して会えるはずがないのにあてもなく遠まわりをして歩き続けた。なんとなくそのほうがしおりに近づける気がした。次第に人通りは少なくなり、夜が濃くなってゆくように思えた。

最後にしおりの部屋を訪ねたのは、しおりが死ぬ二週間くらい前のことで、それが本当の最後になってしまった。その時もなんとなく元気が出なくて、ふいに夜中、立ち寄ったのだ。しおりはいて、明るく迎え入れてくれた。

部屋に入ってびっくりした。居間のど真ん中に、巨大なハンモックがつってあったのだ。

「なにこれ、ものでものせるの？」

玄関に立ちつくしたままそれを指差して、私は言った。

「……ほら、仕事でふわふわのベッドに寝るでしょう、っていうかさ、目を覚ましてないといけないでしょう。」いつものような高く柔かい、か細いその声でしおりは言った。「なんだかベッドってものに入るともう、目が冴《さ》えちゃって、こういう落ち着かない状態なら眠れるかしら、と思ってね……。」

理由を聞いてしまえば、なるほど、という気がした。世の中の仕事にはその仕事特有の問題点があるものだなあ、と思いながら部屋に上がってソファーにすわった。

「お茶飲む？　お酒飲む？」

その、ゆっくりとした動作や、常に口元にある微笑《ほほえ》みが懐かしかった。しおりが部屋にいた時と同じように、心にたまったわけのわからない疲れが引いてゆくように思えた。

「お酒飲む。」

私は言った。

「じゃ、寺子ちゃんにジンを開けてあげましょ。」

と言ってしおりは冷蔵庫からたくさんの氷を器に移し、レモンを切り、封を切っていないジンをまるごと持ってきてくれた。

「開けちゃって良かったの？」

ソファーにほとんど埋まりながら、グラスを持って私が言うと、

「いいのよ、私、お酒ほとんど飲まないもの。」

とオレンジジュースを飲みながら、しおりが言った。部屋の中が妙に静かだった。

「ここ、静かね。」

少しも酔えずに私は言った。とても心が澄んでいた。なにが悲しいわけでもないので、語りようがなかった。

「なにか、あったの？」

としおりはくり返し言った。そのたずね方はまるで忠犬のように一途《いちず》で、

「なんでもないのよ。」

という私の答えが、言っているそばからずっしり重くなってしまう気がした。

「本当になんでもないの。それより、最近はＴＶつけたりとか、音楽とか聴かないの？」

本当に、その夜のしおりの部屋は無音だった。二人の声以外のすべての音が消え去っていて、まるで降り積もる雪の夜の、かまくらの中にいるようだった。しおりの声の細さが、その静けさをひきたてていた。

「うん、静かなのって嫌い？」

しおりは言った。

「人の部屋に来て、そんな文句言わないわよ。」私は言った。「ただ、なんだか自分の耳の調子がおかしい気がしちゃって。」

「最近、音もみんなうるさくって。」空《うつ》ろな瞳《ひとみ》でしおりは言った。「……ねえ、それより、岩永さんのことで悩んでるの？　奥さんのことでもめたりしたの？　寺子ちゃんの調子が悪いことくらい、一緒に住んでいたから私、わかるもの。」

「ううん、今までどおりよ。全然、ただ、ま……。」

私は自分の言おうとしたことにぎょっとした。恐ろしいことを言いかけていた。待ちくたびれただけ、と。

「ま？」

「真っ赤なうそをついてしまって、私。それで、ちょっとけんかしただけ。相変らずよ。奥さんのことはあまり話したがらないけど、やっぱり、親族のことで大変みたいだし、病院にもずいぶん行っているみたい。でも、平気なの、全然。」

「そう、ならいいの。」しおりは微笑んで言った。「私、あなたたちにはずっと仲良しでいてほしいのよ。私の目の前ではじまった恋だから、ね。」

「うん、大丈夫。別れたりしない。」

私は言った。おかしなもので、言っているうちにどんどん気が大きくなってきて、平気な気分になった。それから、なにをしゃべったのかよくおぼえていない。それくらい、たわいのないことだった。二人でいた頃の思い出話や、仕事の上の笑い話、化粧品のこと、TVのことや、そんなことばかり……私の頭の後ろでハンモックがずっと宙に浮いていた。しおりの白いシャツ、赤いヤカンにお湯が沸いて飲んだ、熱い緑茶の湯気、そう、思い出すのはそんなことばかりだ。

「じゃ、帰る。」

私は立ち上がった。

「泊まっていけば。」

としおりは言った。私は迷ったが、客の私がベッドに寝て彼女はハンモックだと思うとやっぱりなんだか気が進まず、帰ることにした。

「元気出た？」

としおりが玄関でたずねた時、私は初めてちょっと弱音を吐いた。

「なぜか、なったわ。」

しおりは目を細め、からかうように、

「添い寝してあげようか——。」

と言った。

「いいわよ。」

と私は笑い、部屋を出た。

――ドアが閉まり、二、三歩エレベーターに向かって歩き出した時、私は突然、強烈に後ろ髪を引かれた。もういっぺん、しおりの顔が見たくて、でも、振り向いてももうしおりは鉄のドアの向こうで、彼女の時間に戻っていることがわかっていたので、それに、引き返してなにを言いたいわけでもなかったので、エレベーターに乗ってしまった……。

歩き疲れた頃には、やたら遠い所にいたので私はばかみたいに結局タクシーに乗って部屋に帰り着いた。そして、なにひとつ考えない真っ黒い闇《やみ》にのまれて、深い眠りについた。スイッチをOFFにしたような眠りだった。この世に、私とベッドしかない……。

電話のベルで突然目が覚めた。もう窓からは陽が射《さ》し込み、部屋が明るかった。

彼からだ、と取ったら、ふいに、

「今、出かけてた？」

と彼がいつもと違う妙な声色で言った。

「ううん。」

と時計を見たら午後の二時だった。私はあんまりよく寝ていた自分にあきれた。昨夜は十二時頃にはとっくに寝ていたというのに。

「本当にずっといたか？」

受話器の向こうで彼は不審げに言った。

「うん、寝ていたの。」

「何回かかけたんだけど、出ないから珍しいな、と思って。」

彼はなんとなくまだ不思議そうだった。私はただ驚いていた。ついに、信じていた自分の超能力にもガタがきてしまったか……という思いだった。彼からの電話さえわからなくなるなんて、そんなことはあるはずないと思い込んでいたから、本当はとにかく不安で仕方がなかった。でも、明るい声で言った。

「いやだあ、気づかずに眠っていたわ。」

「そうか。いや、昨日あんまりちゃんと話もできなかったし、明日あたり会えないかなと思って。」

なんでもずけずけ言うくせに、彼は泊まるとかセックスしようとか決して言わない。

そういう妙に品のいいところもなんとなく好きだった。

「いいわ。」

私は絶対に、本当はひまなのに忙しいと言ったりしない。たとえどんなに効果的でも、そういう安っぽいテクニックはいやだ。いつでもO・K、いつでもオールライトだ。出しっ放しにすることが勝ちだと信じている。

「じゃ、部屋とっとく。」

と彼は言い、電話を切った。午後遅い部屋に、私ひとりがまた残った。寝すぎでなんだかくらくらしていた。

子供の頃から私は、寝つきだけは良かった。私の「恋人からの電話がわかる」特技の他にもうひとつの美点は「寝ようと思えばすぐ寝られる」だと思う。私の母は趣味で、友達がママをしているスナックに夜のアルバイトに出ていた。父はごく普通のサラリーマンだが、妙に大らかな人で母のそういうアルバイトを認め、自分までその店にしょっちゅう通っていた。私はひとりっ子だったので、そういうわけで夜、たったひとりで家にいることが多かった。子供ひとりには家は広すぎて、いつも私はいっせーのーせ、で眠ることにしていた。部屋の電気を消してから暗い天井を見つめて考える考えごとはあまりにも甘美で、あまりにも淋《さび》しくて、私はいやだった。淋しいことを好きになりたくなかった。だから、あっという間に眠った。

大人になってから、そんなことを強く思い出しはじめたのは、彼と初めて一泊した時の帰りの車の中が最初だった。神奈川県のほうへ泊まりに行って、一日中観光して、夕方帰路についた。私はなんだか一日が終わることがものすごくこわくて、絶望していた。車の中で青信号を呪《のろ》い、赤信号に引っかかる度にほっとして嬉《うれ》しさがこみ上げた。東京に戻り、また彼と私がそれぞれの日常へ戻ることが、つらかった。多分初めて寝たことと、そしてなにより奥さんのことがずっと心に引っかかっていたせいだろう。あんなにナーバスになったことはない。部屋へ戻ってひとりになる瞬間を考えると、恐怖で身がけずられそうだった。

続くライトの景色の底に沈んでゆきそうに私は縮こまっていた。どうしてあれほど淋しかったのかわからない。彼はいつもどおり普通に優しくて冗談も言ったし、私も笑った。でも怖《おそ》れが消えなかった。凍りつきそうだった。

しかし、なぜかそうしているうち私はいつの間にか「ことん」と眠ってしまった。本当に、いつ眠ったのか全然、おぼえていなかった。しかし、次の瞬間彼に着いたよ、と揺り起こされ、もう自分のマンションの前だと知った時、私は、

「うわあ、楽だった——。得したわー。」

と思った。私のいちばんいやで悲しいはずの何分間かが、ぽっかり消えていたのだから、眠りは私の味方だわ、と私は来てしまえばなんということのなかった別れ際《ぎわ》に笑顔で手を振りながらあらためて感動したのだ。

——しかしそれが人生を侵食してきたとしたらどうなのかしら、と最近は目覚める瞬間にふと思う。少しこわい気がした。ついに彼からの電話に気づかず眠りこけていたことだけではなく、いつも私は目覚める度にいったん死んでから生き返ったように思えるくらい深く眠るし、もしかしたら寝ている自分を外から見ると真っ白な骨なのではないかと思う時がある。目覚めぬまま朽ち果てて、永遠というところへ行ってしまえたらいいかもしれないとうっとり思うこともある。私は、もしかしたら眠りに憑《つ》かれているのかもしれない。しおりが仕事に憑かれてしまったように。そう思うと、こわいのだ。

決して内情をくわしく語りはしなかったが、彼がすべてにどんなに疲れ切ってしまっているのかが、一緒に寝てみると最近、よくわかった。あまりにも彼が具体的な実情をなにも話さない上に、私は医学のことに関しては完全に無知なのでよくわからないが、多分、妻のほうの家族はなにがなんでも生命を維持したいと望み、「いい人たち」だそうだからきっと彼に対しては離婚していいと申し出ているのだろう。病院に行く度に妻は眠り続けていて、きっと彼は「まだ生きているんだ」と思うと本気でつらくなり、多分、「死んでしまう」まで別れないのが自分なりのかっこいいことだと思っている。そして私のことを、誰にも話せない。それは、彼自身もうすっかりいろんなことに疲れていて、もしけりがついてもすぐに私と一緒になろうとはとても思えないから、そしてしおりの言ったとおり、このことにいつまで私がつきあってくれるのかが不安だから。ああ、結局いつも同じだ。堂々めぐりになる。そう、今、私にできることはなにも言わないことだけだ。今はただ、私の上にいる彼があまりにもずっしりくるのにおびえる。一緒にいた一年半の間に、彼がどんどん歳《とし》をとってゆくのをどうしても止められなかった。私も疲れているのか、最中にこんなことをぼんやりと考えてばかりいて、ちっとも気持ちが良くない。部屋の暗さが心にしみ込んでくるようだった。薄いカーテンの向こうの夜景がずっと明るく輝き、夢幻のように遠く見えた。横を向く度に外を見ていた。屋外に吹き渡っているはずの、ごうごうと冷たい風のことを思っていた。

並んで眠りにつく時、ふいに彼が言った。

「寺子は、ひとり暮らしをはじめて何年になるんだっけ。」

「え？　わたし？」

なんだかあまり唐突な質問だったので、すっとんきょうな声を出してしまった。ライトにぼんやりと照らされた床がその質問をぐるぐるめぐらせて、瞬間、過去とか現在とかすべての記憶をごっちゃにした。

〝なんだろう、なんだ？　どうして私はここにいて、今までずっとなにをしてきた？〟

彼といるようになるより前のことが一瞬、なにひとつ思い出せなかった。

「あ、あのね、たった一年よ。その前はね、女友達とずっと二人で住んでたの。」

「ふうん、ああ、そういえば昔、よく電話すると別の娘が出たね。どうしてるの？　その子は。」

「結婚しちゃったの。」変なうそをついた。「私を置いて、出て行っちゃったのよ。」

「悪いねえ。」

と言って彼は笑った。私はその横たわった広い胸の揺れるのを見ていた。

「奥さん、知ったら怒るかしらね。」

ふと、なんの気なしに私はそうたずねた。ちょっと固くこわばった表情をした後で、

彼はゆっくり笑顔になり、

「怒んないよ。もし、本人に意識があったらの話で、あるくらいならこんな大ごとになってないんだから設定にならないが、とにかくもし、今の俺の立場を見て、寺子のことを見たら、絶対怒れない、そういう人だった。」

「いい女だった？」

「うん、俺は本当に女の人には恵まれてると思う。寺子もいいけど、あの人もいい女だった。……もう、この世にいないけどな、もう。」

眠そうな声で彼がそう言い切ったことがこわくて、私は黙ってしまった。それにはなぜか本当にぞうっとした。見ているうちに彼はひとり安らかな呼吸で眠りにつき、閉じたまぶたを眺めながら寝息を聞いていたら、本当に夢の中が見えてしまいそうだった。

たったひとり、どこか遠くの夜をさまよう意識。

――その寝息に息を合わせてゆくとね、としおりは言った――その人の心の暗闇を吸いとってしまうのかもしれない。眠っちゃだめ、と思いながら、うとうとと恐ろしい夢を見ることがあるのよ。

本当にそのとおりね、しおり。最近、わかる気がするの。影のようにその人のとなりに眠っていると、影を吸いとるように、心を写しとってしまうのかもしれない。そうやってあなたみたいに何人もの夢を知ってしまったら、いつの間にかもう戻れないし、それが重すぎて死んでしまう他なかったのかもしれないわね。

　いつものように一挙に眠りになだれ込む直前にそんなことを考えたせいだろう、私は、しおりが死んでから初めて、はっきりとしたしおりの夢を見た。まるで目の前にある現実のように生々しい、リアルな夢だった。

　私は、私の部屋ではっと目覚める。

　それは夜で、部屋の向こうに続くダイニングキッチンにある丸い木のテーブルに、しおりが花を活《い》けている姿が見える。見慣れたピンクのセーターと、カーキ色のパンツ、いつもはいていたスリッパをはいている。

　私はぼんやりと起き上がって、

「しおりー？」

　と寝ぼけ声で言う。

「目、覚めたの？」

　としおりはこっちを見て、今までの真剣な横顔から柔らかな笑顔になる。ほほにえ

くぼができる。私もつられてうふふと笑い、

「あのねえ、今、岩永さんの夢見てたのよ。」私は言う。「すごくリアルな夢、一緒に寝るの。並んでベッドにいてね、しおりの話をしてる夢だったわ。」

「なあーに、それ、勝手な夢見ないでよ。」しおりは無邪気に笑い、横顔のまま言う。

「ねえ、これ、上手に活けられないのよ。」

しおりは、テーブルの上のガラスの花びんに、たくさんの白いチューリップを活けようとしている。ところが花の首があちこちを向いて落ち着かず、まとまらない。テーブルの上にはまだ何本ものチューリップが横たわっている。

「思い切って、短く切ってしまったら？」

私は言う。

「だってなんか、かわいそうじゃない。」

しおりが言う。そしてまた悪戦苦闘をはじめる。私はただ見ていられなくなって、立ち上がり、歩いてゆく。寝起きで手足がけだるく、部屋の空気が新鮮に思える。

「ちょっと貸して。」

と花びんを押さえて、その白い指に少し触れる。花はどうやっても好き勝手なほうを向いてしまう。

「うーん、本当ね。首が曲がっちゃうのね。」

「寺子ちゃん、もう少し丈の高い花びんを持ってなかった？　ほら、黒くって、もっと大きいの。」

「ああ、あったような……待って待って、あるわ！」私は言う。「棚の上のほうに入ってるわ。確か。」

「椅子《いす》を持ってくる。」

しおりは私の寝ていたほうの部屋へ走り、椅子を抱えて戻ってくる。なんだか得意げな笑顔をしているので、思わず私は言う。

「しおりはいつも笑っているのね。」

「なによ、いきなり。目が細いからそう見えるのよ。」椅子にのるしおりののど元を下から見ていた。「ここ？」

棚を開ける手を見ていた。

「そう、そこに見える長ーい、箱。」

私は指す。

「受けとって。」

渡された長い箱を開けて、黒いつぼの形をした大きな花びんを取り出す。水で洗い、ふきんでぬぐい、中に水を注ぐ。夜の中に水音が勢いよく響く。

「これなら落ち着くわ。」

よいしょ、と椅子から降りたしおりがにっこり笑い、私はうなずく。しおりのほうが花を活けるのは上手だから、私はしおりに香りの良い白いチューリップを一本ずつ手渡す。しおりはていねいに、活けていく……。


はっと目が覚めた。

「えっ？」

と私は声を出し、はだかのままでがばっと起き上がった。

しおりが、いなかった。

あまりにも生々しかった。今いた場所ではない場所に私は突然降ってきて、となりには男が寝ていた。夜は暗く、部屋は薄闇《うすやみ》に沈み、窓の外の下を走る車のライトが空《うつ》ろに通り過ぎて行った。

しばらくあたりを見つめながら、急速に現実にバックしていった。あまりにも夢の力が強かったので、頭ががんがんして、目の前のなにもかもがうそに思えた。久しぶりにしおりに会えたという感触だけが確かにあった。

わかった。どういうことかやっと本当にわかった気がした。添い寝は、今の私こそがしてもらうべきことだった。今の私のような人。もし、しおりが私の横に眠っていたら、今のような強力で熱い夢を見てしまったに違いない。見ている者を魅《ひ》きつける、もうひとつの現実、リアルな色や視点、肌合い……私はなんだか愕然《がくぜん》としたままでベッドカバーを見つめていた。

「おい。」

急に声をかけられて、私はびくっとした。振り向くと、彼がはっきりと目を開けて私を見ていた。ああ、また夜の果てだと私はとっさに思った。

「どうしたんだ、急に飛び起きたりして。悪い夢でも見たか？」

「ううん、いい夢だった。」私は言った。「すごく、楽しかったの。あんまり嬉《うれ》しくて私は目が覚めたくなかった。こんな所に戻ってくるなんてひどい、これはもうサギだわ。」

「寝ぼけてんのかな。」とひとり言のようにぶつぶつ彼は言い、私の手を取った。とたんに自分の瞳《ひとみ》に涙がにじんでくるのがわかった。ぽたりとベッドカバーに熱い涙が落ちた時、彼はびっくりして私をぐいっとふとんに引っぱり込み、別に彼のせいでもないのに、

「わかった、君は疲れてるんだろう。よし、そうだな、今週はもう会えないけど、来週なにかおいしいものでも食べに行こう。そうだ、来週は花火大会じゃないか。川のほうへ行こう、な?」

と一生懸命言った。耳をあてた肌が熱く、胸の鼓動が聞こえていた。

「混むわよ——。」

涙をこぼしながらも少し明るい気持ちになった私は、笑って言った。

「川べりまで行かなくても、あの近辺にいればちょっとくらい見えるだろう。そうだ、うなぎでも食べよう。」

「うん、食べましょう。」

「いい店知ってるか?」

「ええとね……。あの通り沿いの大きい店は?」

「あそこはだめ、天ぷらとかさ、うなぎ以外のものを同時にやってるからな。邪道だよ。もっと裏になかったっけ。」

「ああ、お寺の裏のほうに小さいお店があったわ。行ってみましょう。」

「うなぎっていうのはさ、とれたばっかりのを今、っていう感じが大事なんだよ。」

「ごはんの固さと、タレも重要よね。あっ、これは、うな重の場合。」

「そうそう、めしが軟かいとムカッとくるね。俺が子供の頃は、うなぎはごちそうでさあ……。」

二人でいつまでもうなぎについて語り合った。そうしているうちに、少しずつ言葉がとぎれ、いつの間にかほとんど同時におだやかな眠りが訪れた。もう、夢に目覚めることのない、深くて暖かい眠りだった。

彼の妻のいるところは、どんなにか深い夜の底なんだろう。しおりのいるところは、そこに近いところなんだろうか？　きっとすごく濃度の濃い闇、私の心も眠りの中でそこをさまよう時もあるのだろうか？
——目覚める直前にそんなことを思っていた。次に、窓の外がどんより曇っているのが視界に飛び込んできて、となりを見るともう彼はいなかった。時計を見た私は、午後の一時なのに驚いた。あんまりびっくりして、あら、あら、と言いながら起き上がった。サイドボードの上に手紙があった。

「仕事もしていないというのに、なんてよく眠る人なんだろう、君は。
僕のまわりの女の人は、みんな寝ているみたいです。
あんまりぐっすり眠っているので、起こしません。部屋を二時まで延長してとったから、ゆっくりして下さい。

僕は仕事があるので先に行きます。また、連絡します。」

一字一字が、まるでペン習字のようにくっきりとして美しい手紙だった。あの人はこんな文字を書くのか、と、私は昨夜抱き合った本人よりもくっきりとした彼の輪郭を確かめたような錯覚にとらわれて、いつまでもその手紙をまじまじと見ていた。

Tシャツ一枚で寝ていた体中が、夏だというのにしんと冷えていた。雲は銀に光って、はるかな街を覆《おお》っていた。車の列を見下ろして、頭のぼんやりが少しも抜けないまま着替えた。顔を洗っても、歯をみがいても少しも目は覚めず、ただにじむように眠けが心の中にしみ出してくるのを感じた。

私はティールームに行ってランチを食べてみたが、哀《かな》しいくらい手足は宙に浮き、口と胃と心が全部バラバラだった。窓からうっとりと射《さ》す薄陽の中、幾度も目を閉じそうになった私は、睡眠時間を逆算してみた。どう考えても十時間以上眠っている。どうして少しも目が覚めはじめないのだろう。いつもはいくら寝すぎで眠くても、三十分もすればはっきりしてくるのに……と考え込む思考すら、自分のものではないようだった。

ふらふらと乗ったタクシーで部屋に帰り着いて、洗濯をしながらソファーにもたれていたら、またうとうとした。

どうしようもないのだ。

気づくともう、頭が少しずつ背もたれのほうへ沈んでゆく。はっと起きて雑誌をめくってみるのだが、気づくと同じところを幾度も読んでいる。まるで教科書を見つめて眠る午後の授業中のようだわ、とまた目を閉じた。外の曇り空が部屋の中へ流れ込んできて、脳髄をおかしているみたいに思えた。回る洗濯機の音も、なんの目覚ましにもなりはしなかった。私はもう、なにもかもがどうでもよくなり、ブラウスとスカートをずるずると床に脱ぎ捨てて、ベッドに入った。ふとんは冷んやりと心地良く、枕《まくら》は甘い眠りの形に柔かく沈んだ。

すやすやいう自分の寝息を聞きはじめた時、ベルが鳴りはじめたのに私は気づいていた。それがもちろん彼からの電話に違いないこともよくわかっていた。まるで根気のあるあの人の愛情を示すように、ベルは幾度も鳴り、それでも私はどうしても目を開けることができなかった。まるで呪《のろ》いのようだ、と私は思った。心ははっきりしているのに、どうしても起きられないのだ。

――彼女が呪いを？

という迷いはほんの一瞬浮かんですぐに消えた。彼の妻がそんなことをする人ではないのを、彼の話しぶりから知っていた。彼女は、とても優しい人だ。あまり眠くて、思考が夕闇をさまようように行ったり来たりする。

敵は、きっと私だ。

薄れゆく意識の中で、そう確信した。眠りは真綿のように私をゆっくりしめつけ、私の生気を吸いとっていった。ブラックアウト。

眠りの中で何度か、彼からの電話のベルの音を聞いた。

次に起きた時、部屋の中は薄闇に沈んでいた。持ち上げた自分の手の輪郭がぼんやりと暗く見えて、私は「もう夕方ね」と空ろに思った。

洗濯機の音は当然止まり、部屋はしんとしていた。頭が痛く、体中がこりにこって、関節が痛かった。時計は五時を指していた。とてもおなかが空《す》いていて、冷蔵庫にあるオレンジを食べよう、そうだ、プリンもあったわ、と私は立ち上がり、床に落ちている服を身につけた。

——とても、とても静かだった。世界中に私ひとりしか生き残っていないような静けさだった。なんともいえない妙な気分で部屋の明かりをぱっとつけて窓の外を見た時——ポストに新聞配達の少年が新聞を配っているのを、まわり中の家々にひとつの明かりも見つけられず、東のほうの空がオレンジなのを見た時、私は知った。

「今って、朝の五時なんだわ。」

と口に出した自分の声が乾いていた。私は心底、こわかった。いったい、時計は幾回りしたのか。今は、何月何日なのか。夢中で部屋を出て階段を降りて行って、ポストに入っている新聞を広げてみた。大丈夫だ、ひと晩眠っただけだった、と私は安心した。しかし、それにしても尋常ではない時間を眠り続けたのは確かだった。体中が少し調子を狂わせているのがわかる。なんだか目まいがした。夜明けの青が街中に蔓《まん》延《えん》して、街灯の光が透明だった。私は部屋へ戻るのが本当にこわくて仕方がなかった。きっとまた、眠ってしまう——いっそ、やけくそになって眠ってしまおうかとも思った。もう、行き場がないような気さえした。

私は、なんとなくそのまま外へ歩いて行った。

空はまだ暗く、むせかえるような夏の匂《にお》いが冷んやりとした外気に満ちていた。道をゆくのはジョギングの人か、朝帰りの人か、犬の散歩か、老人だけだった。目的のあるそういう人々に比べたら着のみ着のままぼんやり歩いてゆく私だけが、夜明けをさまよう亡霊のように見えたと思う。

あてもなかったのでゆっくりと公園のほうへ歩いて行った。マンションのすぐ裏にある住宅街の隙間《すきま》の本当に小さいその公園に、よく徹夜明けにしおりと散歩に来た。ベンチと、砂場と、ブランコしかない。私はその古びた木のベンチにすわると、まるで失業者のように頭を抱え込んでしまった。おなかがぐうぐう鳴ったが、どうしていいかさっぱりわからなかった。私はいったいどうしてしまったんだろう、と思った。なにか自分の意志ではもうどうすることもできないところに来てしまったように思えた。そうしていても眠くて眠くて、なにも考えられなかった。

霧が出ていた。砂場にある色とりどりの動物の置物が煙って見えた。湿った緑の匂いが、土の香りが、公園中に満ちていた。私は頭を抱えたままで閉じそうなまぶたと戦いながら、暗く映る自分のスカートの柄を見ていた。

「どこか具合でもお悪いんですか?」

耳元で女の声がした。あんまり恥ずかしくて、本当に具合の悪いふりをしようかと一瞬迷ったが、大ごとになると面倒なのであきらめて顔を上げた。となりにかけて私をのぞき込んでいたのは、Gパンをはいた高校生くらいの女の子だった。ものすごく遠くを見ているような、水晶みたいな、とても大きな、不思議な瞳をしていた。

「あ、大丈夫、少し眠かっただけなの。」

私は言った。

「顔色がとても悪いみたい。」

彼女は心配そうに言った。

「大丈夫よ。どうもありがとう。」

私は微笑《ほほえ》み、彼女も微笑んだ。緑が風にさわさわ揺れて、涼しい香りが通り抜けて行った。彼女が私のとなりにすわったまま動かないので、私も立ち去りそびれてそのまますわって前を見ていた。彼女にはなにか、まわりにそぐわない違和感のようなおかしい雰囲気があった。長い髪をさらさら肩に下ろした、とても美しい女の子だった。それでもどこか正常じゃない印象があり、私はこの子は少し頭のおかしい子なのかもしれない、と思った。それでも人と一緒にいることで、私の心は徐々にゆるんでいった。

よく、しおりとここにこうしてすわって、ブランコを見ていたわ、と私は思った。徹夜でビデオを観《み》て、興奮して眠れなくなった朝、コンビニエンスストアで熱いお茶とおにぎりを買って、ここで食べた。私の大っ嫌いなツナのおにぎりというしろものをしおりは大好きで……。

「今すぐ、駅に行きなさい。」

ふいに言われて私はぎょっとした。また、眠りかけていたのだ。横を見ると彼女はきびしい顔をしていた。ひそめた眉《まゆ》がかげり、声のトーンもさっきとは全く違ってきっぱりと低かった。

「え？　駅……？」

私は答えに困った。やっぱりおかしい子なんだ、と少しこわくなった。彼女は立ち上がり、私の正面に来るとまっすぐに私を見据えた。本当に不思議な目をしていた。私を見つめているのに、遠いところに焦点を結んでいるようなまなざしだった。私はその瞳に見とれて、やはりなにも言葉を発することができなかった。彼女は続けた。

「そして、アルバイトニュースを買うの。その中から、ごく短期でいい、アルバイトを見つけなさい。マネキンでも、ショーのコンパニオンでもいいわ。事務はだめ、眠ってしまうから。とにかく立って、手や足を動かす仕事を。そうしなさい。見ていられないわ。このまま行くと、あなたがとり返しのつかないことになってしまいそうで、こわいのよ。」

私は黙って聞くしかなかった。どう見ても歳下《としした》の彼女が、なんだかひどく歳上に見えた。言っていることも妙に私の心をついていて気味が悪かった。彼女は真剣だったが、怒っている口調ではなかった。なんと言えばいいだろう。どこか必死で、もどかしそうな調子でそうまくし立てた。

「……どうして？」

と私はつぶやいた。

「きっと、もう、お会いすることもないでしょう。あなたは今、私にとても近いところにいるから、会えてしまったのかもしれないの。」彼女は言った。「別に、アルバイトをすることだけを勧めてるんじゃないの。そんなことじゃなくって心が、疲れ切ってしまっているのよ。そういう人は、あなただけじゃなくって、たくさんいるわ。でも、あなただけが、私のせいで疲れているような気がして……そんなふうに見えて……、ごめんなさい。ごめんね、私が誰だか、あなたわかるでしょう？」

まっすぐ私の目を見たままで、呪文《じゅもん》のように問いかけた。

「あなたは……。」

と口に出した自分の声の響きが妙に大きくて、はっと目を開いた。目の前には誰もおらず、ただ公園を包み、視界をぼやけさせる冷たい霧が漂っていた。

夢だったのかしら。

私は釈然としない気持ちのまま、ふらふらと立ち上がり、公園を出た。駅に行こうか、と一瞬迷ったが、私はそういう素直なたまではなく、かなりひねくれた性格だった。夢だとしてもそういう夢を見てしまった自分が気にくわなくて、どうしたかというと部屋へ戻ってまた寝た。もう、やけくそだった。

目覚めは最悪だった。

ひもじさと、体中の痛みと、のどの渇きで私は自分がミイラになってしまったような気がした。さすがに頭ははっきりしていたが、体がだるくて起き上がれなかった。しかも、雨が降っていた。

部屋中が真昼だというのにどんよりと暗く沈み、雨音がざあざあ響いていた。音楽をかける気にもなれずに横たわって雨音を聞いていたら、音のない部屋にいたしおりのことを思い出した。ふわふわした所で眠れなくなって、ハンモックに揺られて寝ていたしおりのことを。

たまらなく悲しい気持ちが襲ってきた時、電話が鳴った。彼からではないとはわかっていたが、せっかく起きているんだからと取った。

それは大学時代の友人からの電話で、彼女が勤めている会社が来週展示会をやるので、一週間だけコンパニオンをやらないかという、アルバイトの誘いの電話だった。

そういう電話は、あちこちからしょっちゅうかかってくるのだ。

断りの言葉がのど元まで出かかっていた。しかし私はなぜかその時、「いいよ。」と言ってしまった。偶然の一致がこわかったのかもしれない。言ったとたんに強烈に後悔したが、仕方がなかった。友人は喜び、集合場所や仕事の内容を早口で伝えはじめていた。私はあきらめてメモを取った。

眠けは依然として続いていた。


朝、早く起き、仕度をして家を出る。そんな簡単なことが、ずっと家でただ電話を待っていた私にとってはものすごく苦しいことだった。たった三日間の研修と、三日間の本番なのに、つらくて仕方がなかった。なにをしていても眠くて眠くていつもとろけそうだったし、同い歳くらいの女の子に混ざっていることも、いっぺんにいろんなことをおぼえることも、説明文の暗記も、立ち仕事も、悪夢のようにヘビーだった。ものを考えるひまもなかった。引き受けたことをどれほど後悔したことか。

しかし私は、ほんの短い期間に自分の中のいろいろなことが、いつの間にかどれほど退化していたかを思い知った。働くことなんていつだって大嫌いだし、アルバイトなんてもともとどうでもいいという気持ちには全然、変化はないけれど、そんなことではなくて……なにか、背すじのようなもの、いつでも次のことをはじめられるということ、希望や期待みたいなこと……うまく、言えない。でも、いつの間にか私が投げてしまっていたこと、自分でも気づかずに、しおりも投げてしまっていたことが、きっとそれだった。運さえ良ければ、それでもそのままずっと生きてゆけたのかもしれないけれど、それに耐えてゆくにはしおりは弱すぎた。流れも彼女をまるごとのみ込んでしまうほどに強かった。

だからといって私になにかめどが立ったわけではない。でも、むりやり毎朝七時に起きてあわてて部屋を出て、一日中自分の眠い心と体をいじめることには、部屋で眠り込むつらさよりももっと生々しいものがあった。私は疲労し、口もきけなくなって彼からの電話も三回に一回くらいしかまともに出られなかったが、それも気にならないくらいへとへとだった。その六日間が終わったら、またただの眠り女になるかもしれないと思うことが、目の前が暗くなるほど恐ろしかったが、つとめて考えまいとした。彼のことさえ、全く考えない時間があった。うそみたいだ。そしてそうしているうちにあの、おかしなまでの、狂暴な眠けが少しずつ、本当に少しずつ体から引いてゆくのがわかった。足はぱんぱんにむくみ、部屋は汚れ、目の下に隈《くま》ができた。お金がほしいわけではなく、目的のない労働だったので本当にただだつらかった。

それでも、かろうじて私を支えていたのは、あの夜明けに公園で見たおかしな夢だった。朝の七時、目覚し時計とステレオがいっぺんに鳴る音の中で、面倒くさい、死ぬほど眠い、もう止めちゃえ……と思う度になんとなくあの夜明けを思い出して、なんとなく彼女を裏切るような気がして、止めることができなかった。小心者で根気のない私によくできたと思う。でもあの瞳……悲しみをいっぱいにたたえた、とても遠いあの瞳を、どうしても忘れることができなかった。

そう、彼に初めて出会ったのも、アルバイト先だった。

そこは大きなデザイン事務所のような所で、大きなビルの中に巨大な面積を占めるフロアーと、あらゆる種類の課があり、実際になにをどうしている会社なのかはよく知らなかったが、まあ私はとにかく電話を取ったり、ワープロを打ったり、データを打ち込んだり、コピーをとったり、使い走りをしたりしていた。同じようなバイトの人が十人以上いたと思う。

私はアメリカにホームステイに行ってしまったいとこの代理として三カ月間だけ、そこにいたのだが、つとめてばかのふりをしていた。別に本人が本当はおりこうさんなわけでもなんでもないのだけれど、ああいう場所であんまり懸命に働くと、単に仕事が次々に増えて損をするのを知っていたので、手を抜いたのだ。単なる雑用のバイトが忙しくなるほど空《むな》しいことはない。私はずっと自分の回路を三分の一くらいしか開かずにぼんやり働いていた。おかげで遅刻はするし、間違うし、データを一行ずつずらして打ち込むし、白い紙をFAXで送ったりして、わざとではないがそういうことを三日にいっぺんくらいずつしていたら、誰も私にむずかしいことを頼まなくなり、えらく楽になった。

そんなある日曜のことだった。会社自体は休みだったが、私は前日自分がしたミスをフォローするためにひとり出社していた。しんとした広いオフィスでひとり、ゆっくりとデータを打ち込んでいるうちにふと、わけのわからない不安に襲われた。

それは、二カ月以上もばかのふりをしているうちに本当にばかになって、このペースでしか仕事ができないのかもしれないという気持ちだった。大して意味のない不安だったが、思いついたその時は、結構リアルだった。緑の画面を見ているうちにどんどんそういう気分になってきた。爪《つめ》をかくしている気分になっていたが、実は私にとって事務とは全くできない種類のことかもしれない、とふいにむらむら思ったのだ。そんなばかな、と思いながら、やってみたいという抗《あらが》いがたい誘惑にかられた。見たところ社内には誰もいない。よし、と私は思った。今、思えばあの頃は私も若かった。

ものすごい勢いで手元のデータを打ち込みはじめた。私は自分の両手がその気になればこんなに速く、きちんと動くことを久々に味わって満足していた。すぐに手元の直しは終わったので、調子にのった私はたまっている書類を作成しようと、鼻歌を歌いながらワープロを打ちはじめた。左ききを強要されていた人が右手を使うことを許されたようなものだった。それなりのストレスがたまっていたのだろう、プリントアウトされる美しい書面が嬉《うれ》しかった。コピーも本気でとると速くて、私は夢中になって人の分の雑務までやってしまった。

二時間くらいですべてが終わり、はあ——とため息をついて机から立ち上がると、がらんとした明るい室内のいちばん奥の机にひっそりと彼がすわっているのが見えた。びっくりした。全然、気づかなかった。彼は別に私の直接の上司だったわけではないけれど、よく手伝いにゆく課の人だったので、私のこれまでのなまけた仕事ぶりをよく知っていた。私は、まずい、と思った。どうも彼は私がいつ気づくかを楽しみにしていたらしくて、にこにこ笑っていた。

「いらっしゃったんですか。」

と私は言った。

「……やればできるんだね、とか言う気にもならないよ。」

と言うと、彼はその後ひたすら笑いころげた。

それから、お茶を飲みに行った。ビルのすぐ向かいにある、小さな店だった。もう夕方で、店内には私たちの他、休日を楽しむ何組かのカップルがいて、みんなひそひそと小声で話をしていた。

「君さっき、いつもの君を早回ししていたようだったよ。どうしていつもあんなふうに働かないの。」

と彼はたずねた。受けをねらっていろいろな答えを考えたけれど、結局、

「バイトだから。」

という言葉しか出てこなかった。

「よく、わかった。」

と言って彼はまたしばらくくすくす笑った。その低い声が私語をしゃべる時の清潔な響きや、きちんとした動作のまとまりに私は驚き続けていた。今まで、彼のことなんか気をつけて見ていたことがなかったのだ。それから、左手にある指輪にも気づいていた。でもそのことには触れずにお茶を飲んだ。彼が結婚していることに、本当はとてもがっかりしていた。

一度、彼の組み替えた足がテーブルの上のソーサーにがちゃん、と当たった時、彼は必要以上に恐縮して、何度も、

「失礼、ほんとに失礼。」

と言った。私はそういう、育ちの良さみたいなことにとても弱い。そういう人は他人に対して本当にひどいことをしない気がする。もっと言えば、ひどいことをしてい い人を選べそうに見える。

別に緊張していないのに、二人はほとんど話をしなかった。彼はとても端整で不思議な印象の横顔をしていて、時々、私にいろいろなことを語りかけた。私は、うなずいて聞いた。うなずきながら、この人は私の人生の時間をたくさんとりそうな人だ、と私はなんとなく直感した。夕方なのに朝のようだったからかもしれない。まだ寝ぼけている二人があまり話もせずテーブルを囲んでいる場面に、それは似ていた。私はその時、これから二人の間に起こるかもしれない柔かいことをそんなふうにいろいろ想像したが、なぜかすべて冬のイメージになった。蒸気のある白い部屋や、コートを着て歩く二人や、冬の木立ばかりが見えた。それがとても、切なかった。

永遠のような一週間は、なんとか過ぎていった。最後の一日に部屋へ帰り着き、服

を脱ぎ捨てて、給料袋を床に放り投げてくすくす笑っていたら、電話が鳴った。

「もしもし、岩永です。」

彼が言った。声が懐《なつ》かしかった。

「お久しぶり。」

「寝てたのか？」

「ううん、あのねえ、給料袋見て笑ってたの。疲れたわー。」

「なんだって、バイトなんかしてたんだ？　おかしな子だな。」

「ひまつぶしよ。」

私は言った。部屋中に散らかった衣類を片づけて、今夜は思い切り眠ろうと思った。頭は冴《さ》えて、体はくたくただった。もし一昼夜眠り込んでも、今度はこわくない。

「なんだか元気だね。出会った頃みたい。」

彼までつられてなんだか楽しそうにそう言った。

「ねえ、そういえば。」はげかけたマニキュアを落としながら、私は言った。「もしかして奥さんと出会ったの、高校生くらいの時でしょう。それで、奥さん髪が長かったでしょう。」

「……なんだ？　バイトはじめると、超能力まで身につくのか？　そうだよ。十八の時だった。」

彼はけげんそうにそう告げた。

「……やっぱり。」

と言った私の目には、突然、涙がにじんだ。自分でもわけのわからない涙だった。それより、と言って彼が花火とうなぎの企画のための待ち合わせ場所を告げる声を聞きながらメモを取る手元も、部屋中も、熱くにじんでぼんやりと明るく、光って見えた。

川べりへと向かう、だだっ広い大通りはすでに車両通行止めになっていた。人々は皆、通りいっぱいに広がり、川のほうへ、花火のほうへと歩いていた。浴衣《ゆかた》を着て、子供に肩車をして、笑いさざめきながら幾度も空を見上げ、まるで祇園祭《ぎおんまつり》のように皆が同じ方向へ流れていた。このような景色を見たことがなかったので、なんだか気持ちが急いだ。見上げる空にいつ花火が開くかという期待感に満ちた人々の顔は、とても明るく見えた。

「こりゃあ、やっぱり川まで行かれないな。見てみな、ぎっしりだよ。」

がっかりした口調で彼が言う、その汗をかいている横顔を見上げる。

「いいわよ、少しくらい見えるでしょう？」

私は言った。

「高い所でないと、だめかもしれないぞ。」

「いいわよ、音が聞こえれば。」

背伸びをして見てみると、橋を渡る行列ができ、たもとは黒山の人だかりだった。濃い藍色《あいいろ》に沈む夜空がやけに広かった。警官が闇《やみ》に立ち、ロープに押されるように人々は進んだが、私たちはその行列の手前で立ち止まった。

大切なのは花火ではなく、この夜、この場所に一緒にいる二人が同時に空を見上げることだった。腕を組み、そのへんにいる人たちと同じ方向に顔を上げ、大きな花火の音を聞くことだった。まわり中の高揚につられて、私はわくわくしていた。いつの間にか本気で花火を見たくなってしまったらしい彼の待ち遠しそうな横顔もなんだか若やいで見えた。

私の内にはいつの間にか健やかな気持ちがよみがえってきているように思う。それは、友達を亡《な》くし、日常に疲れてしまった私の心が体験した小さな波、小さな蘇生《そせい》の物語にすぎなくても、やっぱり人は丈夫なものだと思う。こんなことが昔もあったかどうか忘れてしまったが、ひとり自分の中にある闇と向き合ったら、深いところでぼろぼろに傷ついて疲れ果ててしまったら、ふいにわけのわからない強さが立ち上がってきたのだ。

私はなにも変わらず、二人の状態もなにひとつ変わってはいないけれど、こんな小さな波をくり返しながら、ずっと彼といたいと思った。とりあえず今は、いちばんいやなところを通り過ぎたと思う。なにがそれなのか、はっきりとはわからないのに、そんな気がする。だから、今ならば他の人を好きになることさえできるかもしれない。——でも、多分しないだろう。私は、今、横に立つ背の高いこの人と、生き生きとした恋を取り戻したかった。大好きな人と。すべてをこの細い腕、弱い心のままでつなぎとめたかった。これからやってくるはずの雑多でおそろしいたくさんのことをなにもかも、私の不確かな全身でなんとか受けとめてみたかった。

ああ、なんだかついさっき目が覚めたばかりみたいで、なにもかもがおそろしいくらい澄んで美しく見える。本当に、きれいだった。夜をゆくたくさんの人々も、アーケードに連なるちょうちんの明かりも、少し涼しい風の中に立ち、待ち遠しそうに真上を見ている彼の額の線も。

そう思うと突然、なにもかもが完璧《かんぺき》すぎて涙がこみ上げてきそうになった。見回す風景の中の、目に入るすべてが愛しく、ああ、目を覚ましたのが今ここでよかった。

いつもは車がいっぱいのこの通りがこんなに広い空地になった、真ん中の所に二人で立ち、花火を待ち、うなぎを食べて、一緒に眠ることのできる今夜を、こんなにはっきりした精神で観《み》ることができて嬉しいと思ったのだ。

まるで祈りのような気分だった。

——この世にあるすべての眠りが、等しく安らかでありますように。

やがて空に大きな音が轟《とどろ》き、巨大なビルの陰にちらりと姿を見せた半分だけの花火が、まるで透かし模様のように空を一瞬、彩《いろど》った。

「あ、見たか? 今、ちらっと見えたぞ!」

背の低い私を思いやってそう言った彼は、それでも子供のようにはしゃいで私の肩を揺すった。

「うん、見えたわ。なんだか小さくてかわいいね。レースのコースターみたい。」

私は言った。透明な夜空に突然湧《わ》いてくるような小さな光の束が、とても花火とは思えないくらいに遠くに見えた。

「ほんとだ、なんか、花火のミニチュアみたいだ。」

見上げたままで彼は答えた。次々と花火は打ち上げられ、歓声が湧き、音だけが少し遅れて大きく響き渡る。人々は相変らずざわざわと川べりのほうへ流れて行き、人通りは増してどんどん私たちを抜いていったが、私たちはそこに立ち止まったまま、夜空を見上げていた。ビルの陰に時々のぞくその小さな花火を妙に気に入って、互いの腕をしっかりと組んだままでいつまでも、わくわくして次の花火を待ち続けた。

夜と夜の旅人

「My Dear, SARAH

It was spring when I went to see my brother off.
When we arrived at the airport his girlfriends who were dressed in beautiful colors waited for him.
Oh, I was sorry, in these days he had many lady loves.
The sky was fair……」

その古い手紙の下書きが引き出しの奥から出てきた時、あまりの懐《なつ》かしさに私はしばし片づけの手を止めた。そして、ナレーションのようにくり返し、その英文を読んでみた。

それは一年前に死んだ兄の芳裕が高校の時につきあっていた、サラという留学生にあてた手紙だった。サラがボストンに帰国してすぐに、兄は「外国に住んでみたいな。」とか言って気まぐれに彼女を追いかけて行ってしまい、バイトをしたり、遊んだりで一年近くも戻ってこなかったのだ。

……読んでいるうちに、私は次々に当時の状況を思い出していった。その手紙は、兄があんまり唐突に行ってしまってろくに連絡もよこさなかったので、心配したサラが私あてに兄の近況をつづってくれた手紙に対する返信だった。今の状況なんて思いつきもしなかった高校生の私が、優しくてきれいだったアメリカン・ガールにあてて辞書を引きながら、わくわくして書いたのだ。そう、サラは知的な青い瞳をした、とてもかわいい子だった。日本のものをなんでも喜び、いつも兄の後をついて歩いていた。そのヨシヒロ、ヨシヒロと名を呼ぶ声には、切実な恋情があふれていた。

サラ。

「英語のわかんないところは彼女に聞くといいよ。」

兄は私の部屋のドアを突然開けて、そういういい加減な紹介の仕方で初めて彼女を会わせた。近所の神社の夏祭りに行った帰りに、サラが家に寄った時のことだ。私はその時、ちょうど机に向かって夏休みの宿題に追われていたところだったので、せっかくだから英作文をやってもらうことにした。サラがとても手伝いたそうにしたので、断わるのも悪いような感じだったのだ。うそではない。私は昔から英語だけは得意だったのだ。

それじゃあサラを一時間だけ貸してやろう、それからサラを送っていこう。と兄は言い、居間にTVを観《み》に行った。

ごめんね、デートのじゃまをして、とたどたどしい英語であやまる私に、O・K、O・K、私がやれば、こんなのは五分で終わるわ、シバミはその分、他の学科を片づけることができるでしょう？というようなことを、流暢《りゅうちょう》な英語で、美しい声で、流れるようなブロンドで言って微笑《ほほえ》んだ。ええと、つまり、この宿題は「私のある一日」というのを、適当に作って書いて下さればいいのです。あんまりむつかしい文を作ってしまうとやってもらったことがバレてしまうので、この例文程度の作文で、結構です。と私が必死で説明すると、

それじゃあ、シバミは毎日何時頃に起きるの？　朝ごはんは和風？　それともパン？

とか、

午後はなにをして過ごすの？

とかたずねながら、あっという間に宿題を終えてしまった。おお、こんなきれいな

字では提出できません、もう一度私の汚い字で書き直さなくては！　と私がレポート用紙を見て言うと、サラは大きな声で笑った。

そんなふうに、少しずつうちとけていろいろな話をした。鈴虫の声がする、少し涼しい夜だった。サラは私の部屋の床に出したちゃぶ台にひじをついて、宿題をしていた。それは、私の部屋全体がぱっと明るくなるような不思議な色彩の世界だった。金と青。白い、透けるような肌。まっすぐこちらを見つめてうなずく、とがったあごの線。

黒船だなあ、と私は思った。外国の人とそんなに近くで話をしたのは初めてで、思いがけずに急に、自分の部屋の中に彼女はやってきた。風にのって、祭りのお囃子《はやし》が聞こえてきていた。空は黒く、丸い月が遠い空にぽっかりと浮いていた。開け放した窓から、時折そよそよと風が入ってきた。

「日本は楽しい？」

「ええ、とても。友達もたくさんできました。学校の友達。それから、ヨシヒロの友達。この一年間は忘れられないものになると思うわ。」

「兄のどこを気に入ったの？」

「ヨシヒロは大きなエネルギーの塊のような人で、目を引かれずにはおれません。それは単にエネルギッシュということではなくて、内から湧《わ》いてくる、つきることのないなにか、とても知的なものを感じたの。一緒にいるだけで、自分もどんどん変わっていけそうな気がする。ごく自然な形で、とても遠い所まで行けそうな気がするの。」

「サラはなんの勉強をしているの？ そのうちボストンの大学に戻るの？」

「日本文化の研究よ。一年後には帰るわ。……ヨシヒロと別れるのは淋しいけれど、うちの両親は日本びいきでしょっちゅう来るし、ヨシヒロも一度、アメリカに来てみたいって言っているから、会えるでしょう。今は、日本語の勉強で精一杯。でも、勉強はあくまで趣味の問題ね。一生続けてゆくでしょうけれど、やはり、私は母のように、良い母親になりたいわ。そういう意味で、日本の女性にとても興味があるの。私自身、アメリカの女の子たちよりも、ジャパニーズガールに共感できる部分がたくさんあります。私は、アメリカンらしくないところがあるように思えるから、ね。ゆくゆくはやはりビジネスマンの人と結婚して、そうね、父のような、国際的ビジネスマンと。そして、明るくて、きちんとした家庭を作りたいの。」

「お兄ちゃん……は、国際的にはなれる可能性あるけど、ビジネスマンには向いてないんじゃないかしら。」

「あはは、本当にそうね、すぐ、クビになってしまいそう。自己中心的にふるまってね。」

「でも、ほら、まだ高校生なんだもの、これから変わっていくかもしれないし。そういう仕事に興味を持つようになればいいのよね。そういうふうに仕向けちゃえば？」

全く子供らしい、夢より遠いことを私は言った。しかしサラも、そういうことを夢見る程度には幼くて、余裕があった。先のことに対する、恐れを知らないまっすぐな背すじが。ふふ、と笑って夢見るようにサラは言った。恋がはじまったばかりの時の、相手しか見えない、こわいもののない目をしていた。夢はなんでも叶《かな》い、現実は押せば動く、と信じることのできる目。

「そうねえ、ヨシヒロだったらすてきね。日本にも、ボストンにも家庭を持って、行き来できるの。最高に楽しいでしょうね！　私も日本がとても好きだし、ヨシヒロがもし、ボストンを好きになってくれたら、二人共自分の国は二つある、って思えるわ。それから、二つの国の言葉を聞いて育つベイビー……！　家族みんなで旅行をするの。すてきな話よね……。」

サラのことなんてあんまりにも昔で、さっぱり思い出さず、今、どこでなにをしているのかも全く消息を知らないこの日常の中で、その手紙はふいに出てきた。引っぱり出した引き出しの後ろの暗がり、机の奥のすみに小さく固まっていたのだから。私がそれをなんだろう、とつまみ出し、指でかさこそ開いたことによって、長年の呪縛《じゅばく》がゆっくりと空気中に開放されたかのように、すべてがはじまったのかもしれない。

「親愛なるサラへ

兄を見送りに行ったのは春でした。

空港に着くと兄とその彼女たちが、あ、ごめんなさい、兄にはその頃たくさん彼女がいたのです、花のように着飾って待ちかまえていました。空はよく晴れて、旅立ちの嬉《うれ》しさで上機嫌の兄につられて、私たちはみんな、はしゃいでいました。陽気なものです。みんな、あなたとの恋を祝福していました。おかしいけれど、兄にはそうやっていつの間にか人を納得させてしまうところがあるのです。知ってますよね。

ちょうど桜のシーズンで、あちこちで桜の花びらが光るように降っていたのをおぼえています。

兄はろくに便りもよこしませんが、つまり元気なんでしょう。楽しく過ごして下さい。また、日本にも来て下さい。

お会いできる日を楽しみにしている

芝美　より」

まだ少女の頃、夕方の道を兄と、いとこの毬絵と三人で歩いたことがあった。法事かなにかで親戚《しんせき》が集まり、退屈した私たちはその席を脱《ぬ》け出して、あてもなくさまよっていたのだ。

それは父の実家の近くの川の土手で、はるかな川向こうが夕闇に沈んでゆく頃だった。もうすぐ街明かりが川に映り、ゆっくりと藍に満ちた透明な空気がまるで目に見えるように浮かび上がってきていた。空はまだほんのり明るく、すべてのものは見分けにくく、また、美しかった。

その前、なんの話をしていたのかよくおぼえていない。しかし、兄が私にこう言った。

「つまりおまえは、人生の垢《あか》っていうものに対して無頓着すぎるんだ。」

確か、私が将来絶対に、実業家になるか玉の輿《こし》にのるんだ、なぜなら実業家と結婚して玉の輿にのった令子おばさんの喪服姿があんまりにもきれいだったから、本真珠のネックレスがすてきだったから、お金さえかければ私もあのくらい優雅に見えるに違いないもの！　と言い張ったからだった。兄は続けた。

「おまえ、その頃には、わけのわからない人生の垢が積もって、服も真珠も自分にとって、今よりも美しく見えなくなるに決まっているんだ。問題はその垢だ。一ヵ所にとどまってはだめなんだ、いつも、いつも、遠くを見ているように生きなくては。」

私は言った。

「お兄ちゃん、いつでも家にいるじゃない。」

「おまえ本当はわかってるくせに、意地悪な奴《やつ》だな。体のことじゃないんだ。それに今、まだ俺たちは子供だから、家にいるんだ。そのうちに、どこまでも行けるようになるよ。」

兄は笑った。その時、毬絵がぼんやりと、

「私は、やっぱりお金持ちの人がいいな。」

と言った。

「おまえら、全然、人の話聞いてないな。」

兄は苦笑した。

「芳裕の言うことって、なんとなくわかるわ、でも私、やっぱり玉の輿だな。だって、あちこち行くの好きじゃないし、別れたくない友達もたくさんいるし……。」

三つ歳上《としうえ》の毬絵はその頃、もう充分、大人っぽく見えた。彼女はいつも思ったことを、すらっとはっきり口に出すことができた。

「私、大恋愛がしたい。」

「なんだ?」

兄が言った。

「だって、だいたい、もうそんなには今と違う人生を歩まないもん、やっぱり大恋愛しかないわ。そして、ぼろぼろになるのに憧《あこが》れてるの。肩を落としてお嫁に行ったりするの。大恋愛って、悲恋に終わるから。」

毬絵が言った。

「うん、わかる。」

私が言った。

「変な女。」

兄が言った。毬絵は微笑んで、

「それより、芳裕が早く大金持ちになってよ。そうしたら、大恋愛の後に芳裕のところにたどり着くわ。楽だし、気心も知れてるから安心。」

その頃から女にもてる素質を持っていたのだろう、兄は歳上の美しいとこにそんな風にからかわれても照れもせず、ちっとも動じずに、

「そうだな。面倒くさくなくて、いいね。」

と言った。

「お互いの親も喜ぶだろうしなあ。」

「毬絵と同じ家に住めたら、楽しい。」

私は言った。毬絵はうなずいて、微笑んだ。

「これから、いろんなことがあるんだろうなあ。」

兄が、ひとり言のように言った。今でも不思議に思う。どうして兄は、あんな少年の頃から人生のいろんなことを、なんとなくわかっていたのだろう。どうして、あたかも常にプランを練り、ひと所にとどまらずに先へ先へ行くやり方を知っているように見えたのだろう。

ずっと、川沿いに歩いた。水音があまり強くごうごうと響いて、かえって静かに感じられた。それでも三人は大声で話していたので、そういうたわいのないひと言ずつが、妙に意味を持つように思えた。

川がずっと先のほうへ続いていた夕方の光景を、よく思い出す。

兄が死んで、もう一年になるのだ。

今年の冬は、実に雪が多い。そのせいだろうか。あまり夜、出歩かずに部屋で過ごしてばかりいる。私は大学生だが、留年が決定してしまったので追試もない。つまり、単にひまな喜ばしい状態なはずなのに、わけもなくスキーの誘いや、温泉旅行の誘いを残らず断わってしまった。多分、雪に降り込められている感じが好きになったからだろう。いつもの街並が雪化粧でSFのようになり、面白い。まるで、すべてが静止してしまった、時間の吹きだまりにいるようだ。

今夜も雪だった。外に、しんしん降り積もってゆく。両親はもう眠り、猫も眠り、家の中は物音ひとつ聞こえない。あまりの静けさに遠い台所の冷蔵庫のうなりや、深夜の大通りを行く車の音さえかすかに聞こえてきていた。

私は集中して本を読んでいた。そのためにしばらく全く気づかなかったが、はっと顔を上げるとコンコンコン、と正確にガラスを叩《たた》く白い手が窓に見えた。そんな場面は、室内の空気を怪談のようにびくっと震わせる。あんまり驚いたので私はただ黙って窓を見つめていた。

「芝美ちゃん！」

くすくす笑う声と共に、窓の外から聞き慣れた毬絵の声が、ガラス越しにくぐもって響いた。私は立ち上がって窓辺に行った。窓を開けて見降ろすと、雪まみれの毬絵がこちらを見上げて、笑っていた。

「ああ、びっくりした。」

私は言いながらも、毬絵が突然、そこにいることがまだ信じられず、夢を見ているような気分だった。彼女は三カ月ほど前までこの家に住んでいたのだ。

「もっと、びっくりさせてあげる。」

と言って彼女は足を指差した。暗がりの中、窓明かりで目をこらすと、毬絵が靴をはいていなかったので私は叫んだ。そうしている間にも雪混じりの風が室内に吹き込んできていた。

「お入り、玄関にまわっておいで。」

私が言うと、毬絵はうなずいて庭のほうへ歩いて行った。

「いったいどうしたの？」

タオルを渡して、部屋の暖房を強くしながら私はたずねた。玄関に入った彼女はびしょ濡《ぬ》れで、凍りそうに冷たい手をしていた。

しかし本人は寒いとも暖かいとも別に言わずに、真っ赤なほほをして言った。

「別になんでもないのよ。」

そして濡れた靴下を脱ぎ、すわって素足をストーブにあてた。毬絵によくなついていた猫がドアのすき間から入ってきて彼女にすり寄った。彼女は籠《かご》の鳥なので、申告しないと玄関から外出できないことになっている。多分、今夜は窓辺で雪を見ているうちに外に出たくなり、親に無断で家を出るために、そのまま窓から出てしまったのだろう。彼女の部屋も幸い一階なのだ。……というようなことを、私は、猫をなでている毬絵を見ながら悟った。それから毬絵は立ち上がり、

「コーヒー飲む？」

と私にたずねた。私がうなずくと、ドアを開けてすたすたと台所に行ってしまった。猫は毬絵のいた所に残って丸まり、たった今まで彼女がここにいたことをますます曖《あい》昧《まい》にした。そう、一緒に住んでいても毬絵はいつもそうだった。家の中を猫とほとんど変わらぬ自然さですたすたと歩き、放っておけばいつまでも黙ってぼんやりしたり、眠ったりしていた。気配がない。影が、薄い。

昔はそうではなかった。

月曜日は英会話、火曜は水泳、水曜はお茶、木曜はお華……という感じの人だった。そうやっていつも活動していて、なにごとも器用にこなせるタイプの人だった。あの頃の彼女はいるだけでなにか華やかなものを発散していたのだ。彼女は決してものすごい美人というわけではないのだが、スタイルがとても良く、脚が長い。顔の作りの

ひとつひとつが小さくてきっちりと整っているので、清らかな印象を与える。しかし今は単にもの静かな感じにしか見えなくなってしまっているのは、失われたマスカラやルージュのせいではなく、二十五という歳のせいでもないように思う。きっと毬絵は外界に対するすべての反応をOFFにして、休憩しているのだ。人生がただつらいものに思えたから。

「はい、ミルク入り。」

私がぼんやりとそんなことを考えていたら、毬絵が笑ってカップを差し出した。

「ありがとう。」

私は言った。毬絵は、いつもそうしていたように、濃いブラックのコーヒーを片手にまた微笑《ほほえ》んだ。

「今夜は泊まってゆくつもりなの?」

私はたずねた。毬絵の部屋はまだ客間として、ほとんどそのままにしてあった。もっとも、毬絵はそこにいた間、あまり本も読まなかったし、ほとんど外出もしなかったし、音楽もあまり聴かなかったから、まるで素泊まりの人のようにただ寝起きしていただけに近かったのだが。

「ううん、帰るわ。」毬絵は首を振った。「また面倒なことになるから、バレないうちに。ただ、誰かと話がしたくなって、こんな時間でも芝美ならきっと起きてるだろうなって思ったから。」

「じゃ、帰りは靴を貸すわ。」私は言った。「話って、なに。」

「なんていうこともない、もう、気は済んだっていうくらいよ。」

毬絵は言った。

夜中なので、二人共、なんとなく声をひそめていた。それによって雪のしんしん降る音が聞こえてくるような気がした。曇った窓の向こうに、雪が闇《やみ》の中を白く舞っていた。すべてが淡く光っているみたいに見えた。

「すごい雪だ。」

私は言った。

「うん、今夜は積もると思うよ。」

どうでも良さそうに毬絵は言った。はだしでアスファルトの上を、真っ暗な中歩いてきたくせに、そんな冷たさも眼中にはない。長い髪で、小さく丸い唇の横顔で、淡々と新しい雑誌をめくっていた。

帰る毬絵を送って門まで行った。

雪は本当にすごく、目の前でわんわんと踊っているように見えた。家のすぐ前の道すら、闇と雪にまぎれてよく見えなかった。

「もし。」毬絵は笑って言った。「明日の朝、『毬絵は昨夜遅くに死にました。』って知らせが入ったらこわいだろうね。」

「やめてよ、そういうこと言うの。私、夜中じゅうひとりで起きてるんだから。」

私は大声で言った。しかし、実際、さっきからそんな感じに似てるな、と今の状況をそう思っていたのだ。

雪の夜中に、はだしで窓を叩くいとこ。

「そういえば、昨日、久しぶりに芳裕の夢を見たの！」

ポケットから真っ赤な手袋を出してはめながら、私の、彼女には大きすぎる靴をがぼがぼいわせながら、毬絵は言った。冷たい空気が刺すような中、その澄んだ声は夜によく映えた。

「本当に何カ月かぶりに見たのよ、芳裕の夢なんか。あの、黒いジャケットを着た後姿の夢を。私が道を歩いていると、前方に、人ごみにまぎれて、見たことのある後姿があった。それで、誰だろう、誰だっけ、と思ってとりあえず見てみようとして追ってみるの。近づくにつれて、胸が悪くなるほどどぎまぎしてきて、すごく動揺する。すごく愛しい後姿なの。なんだかわからないんだけど、愛しい気がするの。飛びついて、抱きしめてぐちゃぐちゃにしたいくらいに。肩に手をかけようとした時、私は急にその名を思い出した。『芳裕！』っていう自分の声で目が覚めた。居間のソファーで寝てたんだけど、母親が『呼んだ？』って奥の部屋から歩いてきたほどの声よ。『こわい夢を見ちゃって。』って言ったけど、確かに、こわいよね。」

言うだけ言うと、じゃあね、と笑顔で手を振り、毬絵は雪景色の中へ消えていった。

兄の突然の帰国が決まった時、私は兄の国際電話の口調から、兄とサラがだめになったことを知った。理由はわからなかったが、直感したのだ。

「もうここでやることない、俺、帰るわ。」

と兄は言った。

「迎えに行こうか？」

私は言った。学校をさぼって成田に行くのも平和でいいな、となんとなく思いついたのだ。

「ひまならおいで。メシをおごってやる。」

兄は言った。

「そんなのいい、私もひまだから。それより、誰か誘おうか？　見送りに行った女の子たちとか。」

すると、ノイズの向こうで兄が言った。

「いや……毬絵を呼んでくれ。」

毬絵。

私は一瞬、兄の呼んだその名と、いとこの毬絵が結びつかずにためらった。

「毬絵？　なんでまた？」

「何度か手紙をもらったし、半年前に一度、こっちへ来た。サラと三人で食事したんだ。だからさ、声をかけてみてくれ。」

私はその時、すでに、兄が毬絵を好きになりはじめていることを悟った。兄も、かくそうとはせず、堂々と毬絵の名を告げた。

そう、兄と毬絵の間には幼い頃から、放っておいても魅《ひ》かれ合うなにかがあった。いつか、恋に落ちてしまうだろうなにか。年齢を重ね、恋を重ねるごとにその人に絞り込まれてゆく。

私は毬絵に電話をして、成田に行く？　とたずねてみた。行くわ、と毬絵は言った。

私、一度、N・Yに行った帰りに、ボストンに寄ったのよ、と。

「夜、食事をしたの。サラと三人で。サラはずいぶん変わっていた。やせて、大人びて、無口で、笑わなかった。芳裕はいつもどおりで明るくて、日本だろうが、ボストンだろうが一緒っていう感じだった。サラだけが疲れ果ててるみたいだった。その理由は、私にはわからない。ただ、サラに対しても。ただ、二人はもうだめなんだっていうことが伝わってきただけ。……気になって、帰国した後で手紙を書いたの。でも、芳裕からは普通の返事しか来なかった。サラは元気です、とか、サラはいい子です、とか、日本が恋しい、たらこが食いたいです、とか。芳裕はいい男だな、と思った。本当に思ったの。ボストンの夜の透明な空気の中で、自分をじっと見つめてた、自分に気がある女の子に、今の女の悪口なんて決して言わない。旅行に酔っぱらってた私は反省して、自分の心がちょっとだけ洗われたような感じがして、おわびのハガキを書いたのよ。あの子は本当にいい子ね。」

結局、私は私のボーイフレンドに車を出させて、毬絵を乗せて空港へ向かった。

肌寒くて、美しい秋の日だった。透明な陽が、ガラスを通り抜けて空港のロビーに射《さ》してくるような午後だった。飛行機は少し遅れて到着し、その知らせがアナウンスされると、やがて乗客が少しずつ出て来はじめた。

毬絵は長い髪をポニーテールにきつく、結んでいた。そのゆわえたきつさの分、心も張りつめているように、そわそわと落ち着かなかった。

「どうしたの毬絵。」

私はたずねた。

「どうしたのかしらね。」

毬絵は言った。ブルーのセーター、ベージュのタイトスカート。ロビーの床の白い色に映えて、彼女は主演女優のようにひとり、その端整な横顔でモニターの画面を食い入るように見つめていた。まわりにいるたくさんの迎え人の誰よりも、きっちりとその空間に存在しているように見えた。兄はなかなか出てこなくて、まわり中が再会のシーンでいっぱいになりはじめた。列を作って出てくる乗客たちも、途切れてきた。私はボーイフレンドと手をつないで「遅いね。」と言いながら、本当はモニターでも列でもなく、毬絵を見ていた。なにもかもをはじいてしまいそうにきれいなその立ち姿を見ていた。大きなトランクを押してやっと兄が出てきた時、毬絵は人ごみの中をかき分け、夢の中を歩くような不思議な速度で、見送った時より少し疲れた顔をして、大人びた兄に近づいていった。

「よう。」

と兄は私たちみんなを見つけて片手を上げ、次に、

「久しぶりだなあ！　毬絵。」

と毬絵をまっすぐ見て言った。毬絵はうっすらと微笑むと、今まで見たいつよりも大人びた声で、

「おかえり、芳裕。」

と言った。ロビーのざわめきに混じってその声は低い音色で私の耳に届いた。

「二人は恋人同士だったのか。」

となにも知らなかったボーイフレンドが言い、私はこれからどうせそうなるんだからいいか、と思ってうなずいておいた。話したいことがたくさんたまってるのと、毬絵が兄に告げているのを見た。兄はよしよし、とうなずいて毬絵の肩に手をまわした。


「昨日、夜中に毬絵ちゃん、来なかった？」

朝の食卓で母が言った。

「なぜ、知ってるの？」

私は驚いて言った。

「夜中にトイレに起きたら、真っ暗な台所であの子がコーヒー淹《い》れてたのよ。私も寝

ぼけてたから、あの子がもうここに住んでないことなんてすっかり忘れてて、『まだ起きてたの?』って言ったのよ。そうしたら、はい、おばさん、って笑うから、そのまま納得して部屋へ戻って寝ちゃったわ。そう、やっぱり夢じゃなかったのね。」

「うん、突然来たのよ。」

私は言った。晴れ渡った空から降る陽の光が積もった雪に当たり、窓の外はまっさらにまぶしかった。それを見ていたら、まだ眠いような、いらだたしいような、妙な気分になった。TVは朝のニュースを大声で読み上げ、部屋の中に活気を流し込んでいた。母はもうとっくに父を送り出し、遅い朝食を私と一緒にとっていた。

「あっちのおうちで、うまくいっていないのかしら。」

母は言った。

「あっちのおうち……って、お母さん、毬絵の本当の家はあっちだよ。本物の両親がいるんだからさ。」

私は笑った。母の言いたいことがよくわかったのだ。

「一緒に暮らしていたら、あの子のことをとっても好きになったのよ。」

と母は言った。母はもう、兄のことを語らない。その代わりに毬絵を大事にして気をまぎらわせているような一年間だった。ああいう息子を産み、育てて、そして失うというのはどういうファンタジイなんだろうか、と時々、思うことがある。全く、想像がつかないからだ。私はうん、とうなずいてパンをかじり続けた。毬絵は家にいる間、ずっと母といて家事を手伝ったり、荷物持ちをしたりしていた。他にはなにひとつやることがなかった彼女にとって、それはよい気晴らしとなったのだろう。それにしても、ごはんにはいつも「おいしいです。」と微笑み、お風呂《ふろ》がかち合えば「お先にどうぞ。」と手のひらを見せて言う毬絵の育ちの良さを私も強く感じた。でも毬絵はこの家の中で生きてはいなかった。オバQやドラえもんみたいにただ感じよく同居している、幻のような存在だった。

私が家の中で毬絵を「生き物だ」と生々しく感じたのは、彼女が泣いている時だけだった。後半はなかなかそれも少なかったが、初期の、来たばかりの頃は夜中、台所にコーヒーを淹れにゆくと必ず、毬絵は客間でひとりしくしく泣いていた。夜中にかすかに闇をぬってくるしくしく泣きは、梅雨《つゆ》時の長雨のように心にしみ込んでくる。私も当時は、かなり滅入《めい》った気持ちになったものだった。それは、この世の果てにいるような空《むな》しい気分だった。それから、あの頃毬絵は、家中が留守になって、ひとり留守番をしていると必ず、兄の、死んだ時のままにしてある部屋に忍び込んでいた。外出から帰ってきて毬絵がいないことに気づいた私が心配になって二階へ上がってゆくと、半開きの扉の向こう、兄の色彩に満ちたその部屋の中で小さくなって泣いているのだった。風呂でもだった。私が毬絵の次に入ろうと思って風呂場へ行く途中、廊下で湯気を立てて真っ赤な顔をした湯上がりの毬絵が、目を赤くはらして、鼻をぐずぐずいわせながら歩いてくるのとすれ違うのだ。お湯がしょっぱくなってるんじゃないか……？　と思いながら湯に入り、熱い蒸気の中で私はよく、やり切れない気分になった。

涙は人を回復させるというのは本当なんだろう。

そうやっているうちに毬絵は泣かなくなり、無事に実家へ帰っていったのだから。

「今度はちゃんと話ができる時間にきてちょうだい、って伝えておいてね、もし会ったら。」

母は言った。

「うん、会ったら言っとくわ。」

私は言い、立ち上がった。

学校へ行って、いくつかのレポートを出してから、たまには自分のロッカーを片づけてみようと思ってロッカー室へ行ってみたら、私あての手紙がテープで貼《は》ってあった。私はそれを取って読んでみた。友人の研一からだった。

「金を返す。

あさって昼頃電話しろ　研一」

と書いてあった。彼はあらゆる人々から金を借り倒して逃亡し、学校に来なくなっていたのだ。私は彼にトータル五万円貸していたが、戻ってくるのを全然あてにしていなかった。兄もそういうたちだったので、なんとなくわかるのだ。どうも彼は総額にするとかなりの大金をかき集めたらしく、みんなは怒り狂っていたが、私はそんなわけで、欲しい服を目の前にして「今、あの五万があれば……」と思うことはあっても、そういうものだと思っていた。彼は善人だったが、それとこれとは別だ。善人できっちり金も返すなんて奴《やつ》がいてたまるか……と思いながら、しかしどうして返してくれるんだろう、と首をかしげてその手紙をたたんでポケットに入れ、雪の残る中庭を横切っていった。

「よう、芝美。」

と声をかけられ、見ると田中くんが立っていた。彼も、研一にお金を貸したくちだったので、

「ねえ、研一、お金を返すって言ってきてない？」

私はたずねてみた。

「いや、全く！ 冗談じゃないよな。俺は三万出してんだ。その金で女とハワイに行ってやがるんだ。」

彼は結構本気で怒っているようだった。

「ハワイ？」

「そう。高校生の彼女ができてな。」

「ふーん。で、帰ってきたの？ 彼は。」

「知らないよ。」

「そう。」

やっぱり、気に入っている人にしかお金は返さないというつもりに違いない、と思いながら私はうなずいた。

「なんで？ 芝美のところには連絡あったのか？」

田中くんは言ったが、

「ううん。」

と私は首を振った。せっかく返してくれると言っているのに、話をややこしくしたくなかったのだ。

「……そういえば、おまえのいとこ、よく見かけるよ、最近。」

「どこで？」

私はたずねた。

毬絵と田中くんは顔見知りなのだ。

「どこでって……交差点の所の、朝までやってるあそことか、道ばたとか、デニーズとか、まあ、基本的にこのへんで、夜中だな。」

「夜中ね。」

私はうなずいた。毬絵の徘徊《はいかい》は昨夜だけではなかった。夜遊びというほどの活気ではなく、夢遊病のような彷徨《ほうこう》。

雪の夜中、私の部屋の窓明かりを見上げて、どういうふうだったのか。室内は外が闇《やみ》なら、とても明るく白く見えたのだろうか。暖かそうだったろうか。

と思うと、少し悲しくなった。そして、じゃあ、と田中くんとすれ違って別れた。

毬絵に会えるかな、と思って、バイトが終わった帰り道、その暗い店に行ってみた。店の照明も暗いが、なんといっても墓場の正面にあって周囲が暗いのだ。

毬絵はいた。私はテーブルにひじをついている彼女に寄っていって、毬絵、と言った。

「あら、ちょうどいい。」

と言って毬絵は、となりの椅子《いす》に置いてある紙袋を指した。

「なにがちょうどいいのよ。」

私は向かいにすわってそう言った。

「あなたの靴が中に入ってるの。」

「そうなの。」

私は笑った。

「はい。」

と笑って毬絵は伊勢丹の紙袋を差し出した。きっとこの袋の中で、私のボロ靴はきちんと乾かされ、みがかれ、美しい箱に入っているのだろう。そういう気品のあるやり方は、すべて毬絵の失われた過去の習慣がさせているのだ、と私は思い、亡霊を見るような、どこか愛しい気持ちで彼女を見つめた。

「毬絵、じゃあうちに寄る予定だったの？」

私はたずねた。

「うん、そう。窓が暗かったからそのまま帰ろうと思った。」

と毬絵は言った。私はジントニックをオーダーしてから、母の言葉を伝えた。

「母が昼間おいでって。夜中だと、夢の中の人みたいでつまんないって。」

あはは、と毬絵は笑った。

「やっぱり、あの時、おばさんは寝ぼけていたんだ。おかしなこと言ってるから、調子を合わせておいたのよ。」

「本人もそう言っていたわ。」

私は言った。それからしばらく黙って飲んだ。毬絵はぱっちりと目を開いて、窓の外の車の流れを見ていた。そんなに不幸そうな表情ではなかったが、少女時代の彼女は夜が苦手で決して夜中まで起きていられず、互いの家を行き来しても十時を過ぎると眠ってしまったものだ。そう思うと、昔から知っているいとこなのに、全然、知らないものを新たに身につけた人のように感じた。

「サラが妊娠してたの、知ってる？」

突然、毬絵が言った。

え？　と言ったきり、私はしばし、サラという言葉と妊娠という言葉を頭の中で拾い出していた。そして、やっとわかったので言った。

「全然、知らなかった。」

「そう、私も、今、突然、そのことを思い出したの。こういう暗くて、大きな音で音楽が流れてる所って、いつの間にかいろんな忘れてたことをぼんやり思い出すでしょう。それでさ、あっちのテーブルに青い目の子がいるじゃない、さっきから。それで、サラ、どうしてるかな……と思ってた。」

「兄の子供なの？」

「それが、わかんないんだって、あははは。」

毬絵は笑った。

「サラって、長い間ふたまたかけてたのね。ボストンの幼なじみと、芳裕と。でもほら、よく地方の男の子がさ、大学と地元と両方に彼女いるっていう話、あるでしょう？　サラのはそれの国際的なものっていうことね。芳裕がそれを知ったのは、ボストンに行っちゃってからだったんですって。結局、芳裕って日本人でしょ？　いつか、日本へ帰るってわかっていたから、自分から引き下がったらしいね。サラは引き止めたんだって。終わりの半年間は三人でドロドロだったらしいわよ。芳裕ってドロドロが苦手で、ずっと逃げて通してきたでしょ、でも外国じゃ、さすがに逃げ場がなかったんでしょうね。他に身よりがないから。でも、サラも、日本に来たとたんに芳裕に出会って、芳裕のことを本気で好きになって、つらかったんでしょうね。あの頃、まだ私と芳裕がなんでもなかった頃、よく言ってたわ。ボストンにステディな彼がいて、そして、こんなにヨシヒロを好きだけど、国が違う、私は今は日本で学生をしているけれど、そのうち帰ってしまうからつらい……ってね。サラの妊娠は、狂言だったのか、本当かはわからない、でも、万が一本当でもほとんどあっちの奴の子に間違いないって芳裕は言ってた。」

「ぜーんぜん、知らなかった。」

私は言った。そう言いながらも、いろいろなことを考えていた。

私が知らなかったことは、もちろん妊娠のことだけではなかった。ボストンに恋人がいたということもだった。あの日のサラは、日本にいる間だけの夢を、恋人の妹に語ったのだろうか。私には、無邪気な妹に対しては、兄の完璧な恋人としてふるまいたかったのだろうか。私の宿題をやっていたサラの、透ける金の前髪を思い出した。曇りのない瞳。いや、違う。あの時、サラは本気だった。なにもかもがうまくいくと信じたかったまなざし……もしかして、ボストンの恋人はあの時言っていたような、ビジネスマンタイプだったのだろうか。兄は、サラの人生をねじ曲げて消えただけなのだろうか。

……考えても、わかるはずがなかった。ただわかるのは、あの時サラが大人だったということだけだ。私よりも、兄よりも、毬絵よりも、かわいそうなくらい、大人だった。

酔っぱらってきた私の目には、今や、店の暗さは驚くほどひっそりと沈んでいた。それでも、たとえば遠くのカウンターでお客と話をしている店の陰気な女の子よりも、彼氏と二人で顔を寄せ合っている長い髪のすごい美人よりも、窓辺で雑誌を見ながら煙草《たばこ》を吸っている幼い顔立ちの女よりも、私の目に毬絵はくっきりとした輪郭に見えた。なぜだろう、と私はそのことをぼんやり思っていた。

「ねえ……サラ、今、日本に来てない？」

毬絵が言った。

「なんでまた？ だって、あの人留学生だっただけでしょう？ 何年も前に。兄さんが死んだ時だって、来なかったのよ。」

私はびっくりして言った。私がサラの来日を、気を使って毬絵にかくしているわけではない、とはっきりわかったのだろう。毬絵は表情をゆるめて、言った。

「昨日、謎《なぞ》の電話があったの。」

「どういう？」

「はい、って出たら、無言だったの。しばらくじいっと聞いていたらね、後ろで英語をしゃべっている男の人の声が聞こえたのよ。もちろんたとえばほら、ＮＨＫの英会話教室をバックにした無言電話にすぎないのかもしれない。……でも、その沈黙の密度が……今にも、しゃべり出しそうな、迷っているような、そういうね。だからちょっと、そんなふうに考えてしまっただけ。」

「……そう。」

私は言った。その時、正直言って、サラのことはどうでもよかった。なによりも、とっくに死んだ兄にかかわるそのことをまるっきり日常のこととして語る毬絵がこわかった。

「なにかわかったら、教えるわ。」

「うん、そうして。」

と言って毬絵は微笑《ほほえ》んだ。

別れ際《ぎわ》、毬絵は、今がまるで真昼であるかのように堂々とした声で「じゃあ。」と言って、すたすたと歩いて行った。アスファルトに靴音が響いてゆくのを確かめて、私も夜道を歩きはじめた。

昔、まだ私が中学生の頃うちの両親が、父の愛人騒ぎで家を空けたことがあった。真冬のことだった。

それはよくある、ちょっとした浮気だったのだろうが、ヒステリーを起こした母が私と兄を放っぽらかして実家へ帰ってしまい、父が連れ戻しにいった。話はこじれたらしく、兄妹は置き去りにされてとほうに暮れたかと思えば、全くそんなことはなかった。まず、毬絵を呼んで家に泊めた。そして三人でどさくさにまぎれてキャッシュカードでがんがんお金を下ろし、欲しかったものをなんでも買ってしまった。そして毎晩、お酒を飲んでは遅くまで起きていた。十八の毬絵はその頃の私には、もうすでに美しい大人の女性に見えた。

そうだ、あの時、三人で眠った。

やはり雪が降り、寒くて寒くてトイレにも行きたくなくなるような夜だった。窓ガラスのすぐ向こうに、ぴしっと音を立てて凍りそうな外気が迫っていた。

室内は暖かく、酔っぱらって、しかもおなかいっぱいになった私たちは、その夜、服を着たままこたつで眠った。兄がいちばん初めに、すうすう寝息を立てはじめた。毬絵もうとうとと横になった。私も眠くて眠くてたまらなかったので、黙って横になったら、毬絵と目が合った。じゃあ、ここで寝ましょう、と言った毬絵は半身起きて、兄のほほにおやすみ、とキスをした。びっくりして私が見ていると、毬絵は笑って私にも、公平な長さでキスしてくれた。

私は「どうもありがとう。」と言った。毬絵は微笑みを返すと無邪気に寝ころび、瞳を閉じた。音もなく降る雪に閉ざされてゆく深夜、その白い肌に落ちる長いまつげの影を見ながら眠った。

結局、父と母は四日で戻り、ぐちゃぐちゃになっている家の中や、突然身なりが派手になって二日酔いで苦しむ一同を見てびっくりし、その状態を引き起こした兄をかんかんに怒った。

でも兄はへこたれなかった。「お父さんとお母さんが別れるかもしれないと思ったら、こわくて仕方なかったんだ！」と言って彼らを泣かせたものだ。最高に楽しかった。

あの時、夜はうんと光っていた。永遠のように長く思えた。いつもいたずらな感じに目を光らせていた兄の向こうには、なにか、はるかな景色が見えた。

パノラマのように。

それはもしかしたら、子供心に見上げていた「未来」だったのかもしれない。あの頃、兄は決して死なないはずのなにか、夜と夜を旅するなにかだった。

そう、そして兄は人生の後半、ほとんど家にいなかったから、私にとって彼は幼い頃のようではなく、見知らぬ男に等しい存在になってしまっていた。

でも、こうして毬絵と話をしたり、夏ひどく暑い時に、家族で文句を言って家中のクーラーを強くした時や、台風の夜なんかには、兄の存在は懐《なつ》かしく浮かび上がる。あの人は、近くにいても遠くにいても、生きている時もそんな風だった。思いがけない時に姿が浮かび、胸を揺さぶる。心を痛ませる。

朝早く、電話が鳴った。

電話は私の部屋のドアのすぐ近くにあるので、私は寝ぼけながら歩いて行って取った。

「はい、山岡です。」

と私が言うと、あ、と電話の向こうで驚く女性の声がした。毬絵の言うように、サラなのだろうか、と思ってその声を遠い記憶にあてはめてみたが、さっぱりわからなかった。似ているようでもあり、違う気もした。

「サラ？」

私はたずねた。

すると、しばしの沈黙があり、電話が今にも切れそうな気配がした。否定でも、肯定でもない沈黙。

私は眠りから叩《たた》き出されたばかりで、まだ、きちんとものが考えられなかった。なんだか足元もふらつき、頭の中でいろいろなぼんやりした思いが渦を巻いた。

もしサラが今、日本にいるとしたら、そして、理由があって大っぴらに話はできないし、今さら、名のれない気分になっていたら。私たち、昔の友達がまだここにいるのか、確かめたくなっただけだとしたら。

しかし臆測《おくそく》にすぎないのだ。沈黙はなにも語らない。

「待って、サラ。」

私は言った。眠けの海の中、かろうじての英語で。電話は切れなかった。私は、続けた。

「私は、芳裕の妹の芝美です。

何回かお会いしたし、手紙のやりとりもしましたよね。

私はもう二十二になります。

サラもきっと、ずいぶん変わったでしょう。

私とあなたは、もうなんのつながりもなくなってしまったのかもしれませんが、心のどこかでいつも気にかけています。

先日も、あなたにあてた手紙の下書きを見つけ、宿題をやってもらったことなんかを懐かしく思い出していました。」

私が黙ると、電話の向こうからかすかなざわめきが聞こえてきた。後ろを人が通ってゆくような、がやがやした音。そして、また、しんと静かになった。それから、涙をしゃくり上げる嗚咽《おえつ》の音が少しずつボリュームを上げて耳にせまってきた。私はぎょっとして、

「サラ？」

と言った。サラは泣いていた。

「Ｓｏｒｒｙ……。」

とかすかに、確かにサラの声が言った。

「サラ、日本に来ているの？」

やった、話ができる、と思いながら私はたずねた。

「ええ、でも、会えないの。」

サラは言った。

「誰か、男の人と来ているの？　部屋でかけることはできないの？　そこは、ホテル

なんでしょう？」

サラは答えなかった。ただ、泣いているだけだった。そして、言った。

「お元気でいるかどうかを、知りたかっただけ。シバミの声を聞いたら、懐かしくて、シバミの家のことを、思い出して……日本にいた時、楽しかったこと。」

「サラ、今、幸せなの？」

わたしはたずねた。

「ええ、結婚しているわ。」

サラは電話の向こうで初めて、くすっと笑って言った。

「大丈夫、不幸ではないわ、安心して。」

「そう。よかった。」

私は言った。するとサラが、ふいに言った。

「シバミ、教えて。ヨシヒロは、死んだ時、ひとりだった？……つまり、本物の恋人はいたのかしら。それだけ、知りたかったの。」

きっと、サラは感づいていたのだと私は知った。毬絵がボストンに行った時、すでにその瞳の色で、そして、兄のまなざしで。兄は毬絵を見る時いつも、不思議な目をしていたから。しんと心を澄ませて、確かめるようだった。その人が生きて動いていることや、目の前で笑うことなんかを。

そのことにサラはきっと、気づいたのだ。

「ええ、ひとりだった。」

私は言った。うそをつく時のコツをすべて言葉に込めて。

「ガールフレンドは大勢いたけど、本当の恋人はいなかったわ。」

「そう……つまらないことをたずねてしまって、ごめんなさい。……日本へ来たら、気がゆるんでしまったのね。あなたと話すことができて、嬉《うれ》しかったわ。あなたのおかげで。」

サラは言った。もうそれは、やむにやまれずに無言電話をかけてしまったり、感傷が苦しくて泣いてしまう彼女ではなく、私の知っている落ち着いたサラだった。

「じゃあ、お元気で。もう、部屋に戻らなくてはいけないの。」

サラは言った。

「ええ……それじゃあ。」

私は言った。すっかり目が覚めてしまった。窓の外の空は晴れと曇りの妙なグラデーションで、部屋全体がもの哀《がな》しい感じに明るかった。変な天気だな、と思いながら、私は告げた。

「サラ、お幸せに、本当に、お幸せに！」

「ありがとう、シバミ。」

と言って、電話は切れた。

――私はなにかをやりとげたような、それでいて、ひどく悲しいようなおかしな気分になった。そしてあらためて、サラが日本に来ていることを、無言電話のうちに悟ってしまった毬絵をすごい、と思った。毬絵はためらいのない瞳で、そう言っていた。彼女にはわかったのだ。そう、もしかしたらきっと、夢と現《うつつ》の間をさまよう今の毬絵には、電話の相手くらいはいつの間にか手に取るようにわかってしまうのかもしれない。


午後、研一に電話をした。約束の「金を返してくれる」日だったからだ。

「もしもし。」

「あ、もしもし、芝美か。」

「お金、返してくれるんだって？」

「ああ、バイトで金が入ったからね、耳をそろえて返します。」

「私のお金で、ハワイに行ったんですって？」

「ハワイ——？　ばかを言え、熱海だぞ、熱海。」

「みんなの間ではハワイということになっていたわよ。」

「きっと、全員の金額を足して、その行き先を割り出したんだろうな、ばかな奴《やつ》らだ。

田中にはもう、返すまい。」

「熱海って、なにかあったっけ。」

「後で話してやるよ、待ち合わせはどこがいい？　つごうに合わせるよ。」

「Kホテルのロビーに一時。」

私は言った。Kホテルは、サラの両親が日本へ来る時、よく利用していたと聞いたことがある。もしかしたら、と思ったのだ。さっき、フロントに電話してサラの名を告げたが、そのような人は見あたらないということだった。しかし、まだ望みが捨て切れなかった。

「O・K。」

と言って、研一は電話を切った。

巨大なホテルのロビーという所は、いくら大勢の人がいても、基本的に無人のムードに満ちている。私が着いた時、まだ研一は来ていないようだった。私はソファーに深く沈み込み、まわりを見回した。サラどころではなく、外人だらけだった。といってもスーツ姿のビジネスマンが主で、高い天井にまるで音楽のように、すらすらの英語が飛びかっていて、私はますますぼんやりした。

やがて、透明なドアの向こうから、研一がやってくるのが見えた。

「ほら、金。」

彼はすわる席の前に立つと、封筒を差し出した。私は黙って受けとった。ありがとうと言うわけにもいかない。

「今、時間あるか？」

「ええ、別に平気よ。」

「じゃ、お茶をおごろう。」

そう言って研一は私の向かい側に腰かけた。

お茶を飲みながら、彼は笑って言った。

「しっかし、人のうわさとは恐ろしいものだ。ハワイなんて、行ってみてえもんだよ。」

「じゃあ、五十万近く、なにに使ったの？　話したくなければいいけど。」

「いや、かまわない。熱海で豪遊したんだ。いちばんいいほうの旅館を点々としてさ、毎日うまいもの食って、車で出かけたりさ。二週間いたよ。肌がツルツルだろう？さすがに。」

「彼女と？」

「そう。」

「高校生なんだって？」

私は笑った。

「すごいねえ。」

すると研一は大笑いして、

「ちがーう！　短大生だよ。すごいデマだなあ！　どこまででっかくなるか、もう少し姿を消していてみよう。」

「人のうわさってそういうものよね。金を返さないから、ますます大きくなるわけよ。しかし、熱海で二週間、いくら恋人同士でもすることあるかね。」

「ひまなのがいいんだよ。……っていうか、日常から離れてれば、なにしてもよかったんだ。相手の女が、両親の離婚ホヤホヤで、すごくかわいそうな状態だったから、どこかに連れ出したかったんだけど、外国だと疲れるし、温泉でしかも退屈しないって所で、ちょうどよかった。企画したのはいいけど、俺、金なかったから、全然。」

彼は笑った。

「なるほど。」

「人間って落ち込みはじめると、きりがないみたいね。一緒にいるうちにつられて、俺まで少し変になってきちゃってさ。まあ、家の中が大変だったみたいだから仕方がない。たとえば、待ち合わせをするだろう。俺がいつものように十五分くらい、遅れてしまう。するともうぐったりしてるんだ。泣くし。なんかこう、そんなにしょっちゅう会ってたわけでもないのに、ぱっとしたくなってね、こっちまで。いやあ、相手はどこまでぱっとしたかわかんないけど、俺はぱっとした。」

「そりゃあ、そうでしょうよ。」

私は笑った。

毬絵の両親が、兄と毬絵の交際にあれほど反対するとは、当人たちも思っていなかったらしかった。しかし、よく考えれば私が親だとしたって、あんな見るからに女ぐせの悪そうな男に、自分がお金をかけてピアノだの英会話だのを習わせたひとり娘をやりたくないに決まっていた。

私は二人が誰にも知られずに愛を深めていった期間も、バレて押さえつけられた後に、こそこそつきあっていた期間も両方見ていた。その環境の違いは光と闇《やみ》ほどの巨大なものだったが、そういう巨大さに楽しみを見出《みいだ》せる兄と、親にかくれてすることにはみんなスリルを感じて喜べる毬絵だったので、結構幸せそうだった。

二回コールで切れるのは毬絵の、電話をしてという合図。

それを聞いて電話へ向かう兄の、甘い足どり。

兄は交通事故に合い、救急病院で死んだが、それはたまたま家族に内緒で毬絵に逢《あ》いにゆく途中のことだった。うちの父親は大病院の外科医なので、もし出先がわかっていたら、すぐにそこへ運べば、あるいは助かったかもしれなかった。こんなに後味の悪い話があろうか。私は、毬絵があれほどひどく落ち込んだのは、それが「待っていた」時だったからだと思う。駅前の店で毬絵は待った。みんなが待ち合わせに使う、明るい店だった。コーヒーを何回もおかわりし、ケーキを二個食べ、レモンスカッシュを飲み、アイスを食べ……五時間も待った。そしてとぼとぼ家へ帰り、恋人の死を知った。

後に、毬絵は語った。

「自分の胃袋の中が真っ黒になったようだった。ブラックホールみたいに。なにを放り込んでも上の空で、いくらでも、なんでも入ってゆくの。心はずっと、ドアを見ていた。雑誌をめくっても、心が入ってゆかない。目がイライラとページを素通りするだけだった。今までの芳裕の、悪い面だけが増幅して思い出されてきた。そして時間がたつごとにその暗黒面が体中にゆっくり広がって、すべてを覆《おお》ってしまった、そういう気がした。そういう黒いものを、立てないくらいずっしりと引きずって、帰り道はもう夜だった。家に着いたら、電話を待ちながら眠るんだとそう思った。なにか理由があるはずだ、話さえできたらわかる、ただ、そう思った。」

待ったまま、封じ込められてしまった心について。

「じゃ、そろそろ行くか。」

研一は立ち上がった。

「まあ、とにかく、お金が返ってきてとても嬉しいわ。夢みたい。」

私は言った。そこまで言うな、と言って笑う研一の後をついて、ソファーの間をぬうようにし、出口に向かって絨毯《じゅうたん》の上を歩いて行った。目はまだどこか、サラを見つけようときょろきょろしていた。すると、フロントの所——こちらに背を向けて立っている金髪の女性が、とてもサラに似た後姿をしているのに気づいた。服装も、髪型も、背丈も。

私は研一に言った。

「ごめん、ちょっと知人を見つけたから、ここで失礼。」

また、新しいうわさを聞いたら教えてくれ、と言って研一は去っていった。

私はふらふらと、顔を見ようとしてその女性に近づいていった。絨毯はふわふわとしておかしな心地で、あまりにもそっちに強く気をとられていたので、腰のあたりになにかがどん、とぶつかるまで気づかなかった。私はよろけて、持ち直した。なにごとかと見ると、外人の小さな男の子がころんでひっくり返っていた。私は手を取って、起こしてやった。

「Ｓｏｒｒｙ。」

と私を見たその子供の目を見た瞬間、恐ろしいほどの胸さわぎが襲ってきた。茶の髪、濃い茶の目をした子。私はゆっくりと視点を定め、その子を見つめ続けた。

「サラの子供だ、兄の子だ、間違いない。」

私は心の中で、何度もつぶやいた。

こんな目を、私はよそで見たことはない。ものおじしない強い光、唇を少しとがらせた表情、ジャケットに着られているような肩の線……視覚が、すべての記憶を呼び覚ます。毬絵に言いたい、と思った。父より、母よりも毬絵に。私はやっとのことで精一杯、本当に、今までのどの恋人にも見せたことのないくらいに柔らかな微笑《ほほえ》みを――もう、会うことがないに違いないから――作り、

「大丈夫？」

とたずねた。にこっと笑った彼はうなずくと、背を向けてすたすたと歩いてゆき、その先に、

サラがいた。

フロントにいた女性、さっき私がサラだと思っていた人が、人違いだったことがわかった。サラが、あまりにも変わっていたからだ。でも、そこに立っていたのは、確かにあの日のサラだった。

私に〝冷蔵庫〟の発音を根気よく教えてくれたサラ。まだまだ少女の面影を残していたサラ。少し気が弱くてナイーブなサラ。

現在のサラは、紺のスーツをきっちりと着込んで、髪を短く切っていた。大きなトランクの脇《わき》にすらりと背すじを伸ばして立ち、そこにまとわりつくようにしている、

小さな金髪の女の子がいた。少年はそこへ行って、その女の子と仲良くしゃべっていた。兄と妹だろう。そして、待たせたね、というように、支払いを済ませて歩いてきたがっちりしたアメリカ青年——

その時、サラが私に気づいた。

その真っ青の透明な瞳《ひとみ》で、まずは怪訝《けげん》そうに、そしてそのまますうっと切なそうに、私を見つめた。確かめるように、何度も、何度もまばたきをした。それから、唇のはしをほんの少し上げたように見えた。

私にはもう、すべてがわかっていた。サラが毬絵や私に会いたくても会えないわけ、話ができないわけ。でも日本に来たら、電話をかけずにいられなくなったわけ。あの青年とサラが乗り越えてきた苦痛のこと。だから、それを示すためにうん、と強くうなずくと、背を向けた。きっとすぐに彼女たちは、幸福なアメリカンの家族として、ホテルを出て行ったと思う。きっとサラだけが何度か、こちらを振り向きながら。

しばらくしてから振り向いて、彼らの不在を確かめると、私は力が脱《ぬ》けてしまって、再びソファーに身を沈めた。頭がくらくらして、あの子の小さな手を取った、この両手の感触がまだ熱かった。そこからなにかが、変わりはじめるような気分だった。

彼らの失《う》せたロビーは全くの空虚でもうなにひとつ残っていないように思えた。カップの触れ合う音や、人々の靴音がただ、くり返し流れていた。

なんだか、ぐったりと疲れて家へ帰り着いた。

ドアを開けると、母は出かけているらしくて、家の中はしんとしていて暗かった。私は洗面所に直行してゆっくり顔を洗いながら、今見たことを一生、誰にも言わないことを固く鏡に決意した。そして、映る自分の、兄に似た輪郭の向こうに、あの茶色い瞳が思い出された。見てしまったのだ、仕方ない。偶然ではなかった。自分がわざわざ出向いたのだ。そのことは私をいっそうぐったりさせた。

着替えようと自分の部屋へ向かう時、居間のドアの前を通った時、

「芝美?」

と声がしたのでびくっとしてドアを開けると、なぜか居間のソファーに毬絵が、ずっと家に住んでいたように寝ころんで眠そうに薄目を開けていた。

もう、なにがなんだかわからなかった。

「なんでいるの?」

私は言った。

「だって、昼、遊びに来いって、夕べ、言ってたでしょう、だから、来たのに。誰も

いないから、あーあ。」

毬絵はあくびをした。

「なんで、客間のベッドで寝ないの？　そこ、寝にくいでしょう。」

私は言った。毬絵は子供の昼寝みたいに、体を曲げて小さくなって寝ていたのだ。

「うん、部屋がまぶしくってえ……。」

そういえば、客間のカーテンをクリーニングに出していたのを思い出した。毬絵はまだ半分、夢の中のようなうっとりとした発声をしていた。眠い時の、遠くを見るような、美しい瞳をしていた。

「今はもう、曇ってるよ。」

とてつもなく優しいことを言うような気分で、私は言い、横たわる彼女の向こうにある窓に歩いて行って、カーテンを開けた。部屋は急にぼんやりとした明るさに満ち、曇り空を見上げて、私は言った。

「雨か、雪が降るかもしれない。」

その時、毬絵がびくっと跳ね起きた。そして眉《まゆ》をしかめて私を見つめた。彼女はまるで痴呆《ちほう》のような瞳をしていた。

「なに？　どうしたの？」

私はものすごく不安になってたずねた。私の不安を彼女が写しとってしまったようにさえ思えた。そんなおかしい様子を毬絵が見せるのは久しぶりだった。

「ちょっと。」

毬絵はそう言うと、さっきあの子に触れた私の手に触った。そして、ぽかんとした顔で私を見上げた。

「芳裕に会った?」

それはかすかな、あまりにかすかな声だったので、やっとのことで聞きとることができた。私はぞうっとして、まるで振り払うようにしてその手をのけた。そして、乾いた声で、

「ううん。」

という、おかしな答えをやっと言った。

「そうよね。なに言ってんでしょう。会うもなにもないわよね、寝起きで、今、見てた夢とごっちゃになってた。」

毬絵はこめかみを押さえて言った。

「お兄ちゃんは、とっくに死んだよ。」

私は言った。

「知ってる。」

毬絵は普通に答えた。

「ただ、夢見てた。今。その中で、ちょうど芝美が芳裕と会って話をしている場面を見ていたの。なんか……明るい所、ロビーみたいな所で。」

私はなにも言えず、ただ、

「そう。」

と言ったとたん、心にゆっくりとなにかがにじんでゆくのが、わかった。

「あーあ、本当。雨が降ってきたわ。」

窓の外を見上げて、毬絵が言った。

空は暗く、大つぶの雨が降り注ぐ雨音が街を覆ってゆくのがわかる。暗い、幾重にも重いグレーの空がはるかに続く。飛行機はもう、空港を発《た》ったのだろうか。それともあの家族は、二度と会うこともない人々はロビーで仲良く話しているだろうか。兄を見送り、出迎えたのと同じあの絶え間ないざわめきとライトで光る床の光景の中で。私はそれを、確かめるように思い浮かべた。

「毬絵、きっと夜は雪になるよ。お母さんに電話してもらうから、今夜はお泊まり。」

「うん、そうしようかな。」

毬絵は言い、後姿で雨を見ていた。私はそっと部屋を出て、ドアを閉めた。

せっかくお金が戻ってきたので、それから私はかさをさして出かけた。雨の午後のデパートは、妙に明るく暖かくて、湿った匂《にお》いがする。私は本屋へ行って本をたくさん買い込み、それからCDを何枚か買った。どの売場も空《す》いていて静かで、整然としていた。人はまばらで、店員もみんな優雅に見えた。

それでもまだお金があったので、私はお茶を飲んだ後、シャツを一枚買いに行った。とても気に入ったのがあったので、喜び勇んで帰り道をエレベーターに歩く途中、寝装品のコーナーを通りかかった。私はふと、

〝今夜、毬絵が泊まるんだっけ〟

と思い出し、そのいちばん前に飾ってあった濃いブルーの、キルティングの、ものすごく暖かそうな寝まきを買ってやることにした。これなら夜中、突然思い立ってコートをはおっただけで出かけたとしても大丈夫だというくらいのしろものだった。

「プレゼントですか？」

と店員にたずねられ、

「はい、そうです。」

と答えると、そのパジャマの包みには、赤いリボンがほどこされた。

ああそうか、それに毬絵はいつもぞっとするくらい薄着で眠るから、そういうイメージがあるから、これをあげたくなったのだ、と思った。


兄が死んでしばらくすると、毬絵は家出をした。

それは、恋に反対していた両親がお仕着せのように一週間「盲腸で」会社を休ませたことや、それで二人のことを忘れてほしいという身勝手な願いに反逆してのことでは決してなかった。単に疲れたのだ、と彼女は言っていた。それは本当だと思う。毬絵はかわいそうな両親のことなど全く視界に入らなかった。私はこわくて、自分が涙を流したりすることや、真っ暗になった私の家族以外に抱え込むものができるのがこわくて、毬絵に会っていなかった。家出の知らせにも、それほどの危機感をおぼえず……いや、おぼえている余裕がなかった。

家出して一週間が過ぎた時、毬絵の母親から半狂乱の電話が再び来た時、私は初めて腰を上げた。私には、心当たりがあったのだ。

もう春が近い頃だった。陽ざしは温かく、空気に花の匂いがするような午後だった。

上着も着ずに、私は電車に乗った。

毬絵と兄は、こっそり逢《あ》うためにとなり町に小さな1DKを借りていたのだ。いるとしたら、そこしかないと思った。もしそこで死んでいたら……と、車内でくり返し私は思った。窓の外はゴトゴトと、春めいたのどかな景色が流れてゆき、椅子《いす》にすわっている人々の顔も平和にぼんやりしていた。もし、間に合わず、死体にしか会えなかったら、私は悔やむだろうか……淡い光が揺れる車内を透かしていた。きっと、悔やまないだろう、別に。と、私はその時思った。どうしてだかは今もわからない。ただその時、本気でそう思った。私はすべてを見ていた。私は毬絵のいかなる選択をも理解できる気がしていた。

だからだろうか？

管理人室には妹です、と言ってカギを借り、私はゆっくりとエレベーターで上がっていった。ベルを押したが、誰も出なかった。私はカギを差し込み、中へ入っていった。部屋は暗く、とにかく寒かった。すべてのブラインドが閉じられ、足の裏からしみてくるほどの冷気が満ちていた。あんなにこわかったことはない、私はその時、すでに死体を想定したまま、一歩一歩歩いた。すぐに眼が慣れ、毛布にくるまっている毬絵を発見した。

彼女は寝息を立てていた。薬など飲んでいない、健やかな寝息だった。私は毬絵を揺り起こした。うーん、と毬絵は目をこすった。その手が半そでのTシャツから出ていたので、ぎょっとした。見ると彼女は毛布の下には、まるで真夏のリゾート地のお昼寝みたいに、Tシャツとパンティしかつけていなかった。

「毬絵、この恰好《かっこう》で歩いてきた？」

私は言った。すると彼女は、ううん、と言って床を指差した。コートから、セーターから、ストッキングまで全部、点々と床に脱ぎ散らかされていた。

そして毬絵はショック症状みたいに黙ってぼんやりしたままだった。

「毬絵、うちに行こう。」

私は言った。

「お母さんに、電話するよう頼んでやるから、うちの客間でじっとしてていい、ひとりでいていいし、ドアも開けなくていいから。」

毬絵は答えなかった。部屋が暗すぎて、表情が見えなかった。しかし、毬絵の感触のあまりの冷たさが私を急がせた。毬絵にコートだけを着せかけ、他の衣類を丸めて抱え、部屋を出た。そして、タクシーを拾って、家へ向かった。毬絵は途中、何度か振り返った。なにを振り返っているのかわからなかったが、冷たい瞳で、去り行く風景をじっと見ていた。

母の説得と、しばらく戻りたくないと言い張る毬絵の頑固さで、毬絵の両親は納得した。毬絵はしばらくうちにいることになり、客間に住んだ。

私は、兄と毬絵と私の三人しかその存在を知らなかったマンションの部屋を、引き払う作業をすべてひとりで行った。大したものはなかったが家財をみななんとか処分し、契約もきちんと解約した。すべて秘密の行動だったのでひどく骨が折れたが、返ってきた敷金をバイト料としてもらっておくことにした。あまりに短期間だったことと、突然に解約したこと、兄が棚をつけて壁に穴を開けたということで、ろくにもらえなかったが。

もう兄は死んでいたし、毬絵も家で落ち着いていたので、別に部屋のことなんか今さら、二人の両親にバレてもいいはずだった。しかし、私はそのことで毬絵にもう一度、あの部屋の冷たかったことを、思い出させるのがいやだった。死んでいてもしようがない、と思ってしまったことへの、罪ほろぼしかもしれなかった。

家に着くとちょうど夕食で、父と母に囲まれてまるで娘のように席についた毬絵が、

「遅かったね、さあ、食べよう。」

と微笑《ほほえ》んだ。

父はもう待ち切れずに食べはじめていた。部屋中が湯気で熱く、母はなべつかみでしっかりとつかんだなべをテーブルにのせて笑いながら、

「毬絵の大好物のチキンカレーよ。」

と言った。

私は席につくと、毬絵にリボンのついた大きな包みを渡し、

「はい、プレゼント。臨時収入があったから。」

と言った。父がわけもなく拍手した。

毬絵はうっすらと瞳を細めて微笑み、

「お誕生日みたい。」

と、言った。

雨は雪に変わり、静かに積もりはじめた。

毬絵が私の部屋に泊まると言うので、それよりも客間で一緒に、ファミコンをしながら寝ようよ、ということになった。

毬絵は私のあげたブルーの寝まきを暖かそうに着込み、となりのふとんにすわって

いた。部屋の中はとても暗く、窓の外、雪の降っている外界だけが白く見えた。チカチカとふとんを照らすTVのニュースが、今夜も東京の大雪を告げていた。

「去年は雪、なかったのにね。」

私は言った。

「え？　そうだったっけ。私、それどころじゃなかったからさっぱりおぼえてないわ。」

毬絵は笑った。

「おかしな一年だったわ。夢見るような。私、去年より少しはマシな状態になってるのかしら。」

「見たところは、マシみたいよ。」

私は笑った。

「あの人っていったい、なんだったの？」

毬絵が言った。兄のことだった。

「あの人はきっと、人間じゃなかったんだよ。」

あらゆる意味を込めて、私は言った。兄はただ印象の強い一人の青年にすぎなかったが、あっけなく死んだことで、死ぬまで思い切り気持ち良く生きたことで、おかしな意味を持つ存在になってしまったのだ。

「お兄ちゃんのことを思い返す時、いつもまぶしいような奇妙な気持ちになる。笑った顔や、声や、寝顔や。あの人は本当にいたのだろうか、いたとしたらそれは、かけがえのないことだったんじゃなかろうか、そういう気持ちに。」

「あなたも？」

毬絵は言った。

「サラもね、きっと。」

私は言った。

「彼にかかわったすべての人が。」

チャンピオンは毬絵だろうか、サラだろうか、私は一瞬、それを真剣に考えてみた。甲乙つけがたいものがあった。二人共、彼によって予想のつかないところへやってきてしまった。

「私、よく思ったわ、この一年。なんでここにいるんだろう？　って。」

毬絵が言った。

「あの日、空港で恋に落ちてから、気づいたらもう、ここにいたってね。手元にはもうなにも残ってない、ただ前に進むだけの夜の底。なにから手をつけていいか、少しずつわかりはじめている、でも、なにもないの。あの人は、なんだったんだろう、いや、意味なんてない。そう思うと、少し落ち着いて眠ることができた。」

私はぼんやりと、さっき見たサラと、そしてあのぞっとするほど懐《なつ》かしい顔をした息子の場面を思い返していた。そして、影のように静かで暗い毬絵を見てきたこの一年間のことと、その近くでやはり、特殊な期間を過ごしてしまった私のことも。

私はふとんにもぐり込み、言った。

「ねえ、毬絵。私たちのこの一年間は不思議だったよ。人生の流れの中で、ここだけ空間も、速度も違う。閉ざされていて、とても静かだった。後で振り返ってみたら、きっと、独特の色に見える、ひと固まりの。」

「きっとね。」

毬絵もふとんにもぐり込み、うつぶせのあごから腕を伸ばして寝まきのそでを見せながら言った。

「こういう、濃いブルーよ。目も耳も言葉もすべてここに集中してしまうような、閉じ込められた夜の色よ。」

雪は止《や》まず、それから二人は画面に向かい、夢中でファミコンをしているうちに、いつの間にか、どちらともなく眠ってしまった。

私がはっと目覚めて横を見ると、ブラウン管の明かりに顔を照らされて毬絵は寝ていた。まるで志《こころざし》半ばでことされてしまったように、片手でコントローラーを握り、ふとんから半身はみ出していた。低く奏《かな》で続けられるゲーム音に混じって、すうすうと寝息が聞こえた。

不思議な寝顔だった。まるで、泣き顔のように淋しげで無垢《むく》に見えた。そしてそれは、一年前とも、それからもっと幼い頃からも、少しも変わっていなかった。

私は彼女にふとんをかけてやり、TVのスイッチを切った。部屋はそれで真っ暗になり、窓の外はやはり、どんどん雪が降っていた。カーテンのすき間から、ぼんやりと淡く明るい雪明かりが射《さ》していた。

私はおやすみ、とつぶやいて、ふとんに入った。

ある体験

夜中の庭では、木々が光って見える。

ライトの光に照らされた、そのてかてかあおい葉の色や幹の濃い茶がくっきりと見える。

最近、酒量が増えてから初めてそのことに気づいた。酔った目でその光景を見る度に、そのあまりの清潔さに胸を打たれてしまい、もうどうでもいいような、なにもかもを失ってかまわないような気がする。

それは思い切りでも、やけくそでもない、もっと自然にうなずいてしまう、静かで清冽《せいれつ》な感動が呼ぶ気持ちなのだ。

このところ毎晩、そんなことばかり考えて眠りにつく。

さすがに飲みすぎだからひかえようと思うのだが、そして昼間のうちは今夜飲む分をとても少な目に胸に決めているのだが、こうして夜が来ると、ビール一杯を皮切りにしてすぐに加速がついてくる。もう少し飲むと気持ち良く眠れるなあ、と思ってジン・トニックをもう一杯作ってしまう。夜中になるにつれて、ジンの分量が増えて濃い酒になる。昭和の生んだ最高の名菓、バターしょう油味のポップコーンをぽりぽり食べながら、私は思う。ああ、またこの段取りで今夜も飲んでしまったと。罪悪感を持つほどの量ではないが、気づくとなにかしらのビンが一本は空いているのには少し、ドキッとすることがあった。

そしてぐでんぐでんのくるくるになってベッドに倒れ込む時、私は初めてその気持ちの良い歌声を聴くことができる。

はじめは、枕《まくら》が歌っているのかと思った。私のほほをどんな時にも優しく抱きとる枕になら、こんな澄んだ声が出せそうだ、と思えたからだ。目を閉じている時以外は、その声は聴こえなかったので、私はそれを単に心地のいい夢だと思っていた。そういう時はいつも、深く考えることができるほど正気ではなかった。

その声は低く甘く、心のいちばん固くなったところをマッサージしてほぐしてくれるような、うねる響きを持っていた。波音にも似ていたし、私が今まであらゆる場所で出会い、仲良くなり、別れてきた人たちの笑い声や、その人たちからかけてもらった温かい言葉や、失った猫の鳴き声や、どこか遠くてもうない、懐《なつ》かしい場所の物音、いつか旅行した時、どこかでかいだ瑞々《みずみず》しい緑の匂《にお》いと一緒に耳元を駆け抜けていった、ざわめく木々の音……なんかをみんな合わせたような声だった。

それは今夜も聴こえてきた。

天使よりももっと官能的で、もっと本物の、かすかな歌。わたしはそのメロディをとらえようとして、わずかに残った意識で必死に耳を傾ける。眠りがとろとろと私を包み、その幸福なメロディも夢に溶けていってしまう。


昔、変な男を好きになって奇妙な三角関係を演じたことがあった。その男は今の恋人の友人で、一過性の爆発的な恋を女にもたらすような感じの人だった。今思えば、少し変わった元気のいい兄ちゃんにすぎないのだが、当時は私も若かったので、やっぱり恋をしてしまった。今や、その男のことはあまり印象に残ってはいない。何回も、何回も寝たのに、あんまりゆっくりと顔を見ながらデートしたことがなかったので、顔もろくに思い出せない。

思い出すのはなぜか、春という名のひどい女のことばかりだ。

私と春は同時期に彼に恋をしたらしく、彼の家ではち合わせをくり返しているうちに、だんだん顔見知りになって、おしまいのほうではまるで三人で住んでいるみたいな形になってしまった。春は私より三つ歳上《としうえ》のアルバイターで、私は大学生だった。

　もちろん私たちは憎み合い、ののしり合い、時には手を出してとっくみあいのけんかをした。あれほど他人と生々しく近づいたことも、あれほど人をうとましいと思ったこともなかった。春だけがじゃまだった。死ねばいいと何度も本気で思ったかもしれない。もちろん向こうもそう思っていただろう。

　結局、その生活に疲れた男がある日遠くへ逃げてしまったきりになってその恋は終わり、私と春もそれきりになってしまった。私はそのままこの町にとどまったが、春はパリだかどこだかへ行ってしまったと人づてに聞いた。

　それが私の知っている、春の最後の消息だった。

　なんで突然、春が懐かしくなったのか私にもわからなかった。別に会いたくもなかったし、どうしているのかに興味なんてなかった。その期間は激情に満ちていたので、かえって今や空白の思い出となり、大して印象深い期間ではなかった。

　きっとあの女は、パリでアーティストにたかるなんとかゴロみたいになっているか、運が良ければ年寄りのパトロンでも見つけて、いい暮らしをしているだろう。そういう女だ。ガラみたいに細くて、しゃべり方がギスギスしていて、声が低くて、黒い服ばかり着ていた。唇が薄く、いつも眉間《みけん》にシワが寄っていて文句ばかり言っていたが、笑うと少し幼くなった。
その笑顔を思い出すと、なんとなく胸が痛むのだ。

ところでそれだけ飲んで眠るとやはり、朝、目覚めるのは最悪だった。酒に打ちのめされたような、体中を内も外も熱燗の酒風呂にひたしたような感じだった。口がからからに渇いていて、しばらくは寝返りをうつこともできなかった。起きて歯をみがくのも、シャワーを浴びるのも、とてもとても考えられない。そんなことをかつて自分が気楽にやっていたことがあるとは信じられない。射《さ》すような陽の光が、頭にくい込んでくる。

私は症状を列挙することにも耐えられなくなり、あんまりのことにとにかくもう泣き出してしまいたくなった。どうやったら自分が救われるのかわからなかった。

ここのところ毎朝のことなのだ。
わたしはあきらめてずるりとベッドから抜け出して、放っておいても左右に揺れてしまう痛い頭を押さえながら、紅茶を淹《い》れて飲んだ。
なぜなんだろう、夜はゴムのように永く伸びて果てがなく甘い。そして朝は情け容赦なく鋭い。その光はなにかをつきつけるようだ。固くて、透明で、押しが強い。嫌いだ。

なにを考えても不幸になるのに追いうちをかけるように電話が鳴った。ひどい音だ。耳にジリジリうるさいのがくやしかったので、

「はい。」

とわざと元気よく取った。

「元気そうだな。」

快活な声で水男が言った。彼は私の恋人で、例の男とも、春とも知り合いだった。二人が退場して、彼と私だけが残ったのだ。

「そんなことないの。二日酔いで頭が痛い。」

「またかよ。」

「今日は休みね。遊びに来る？」

「うん、じき寄るよ。」

水男は言い、電話を切った。

彼は雑貨屋のオーナーをしているので、平日が定休日だ。私は少し前まで水男のと同じような店で働いていたが、そこがつぶれてしまった。今は彼がとなり町に出す支店に拾われることが決まり、オープン待ちをしている。それは半年後のことだ。

彼は時々、モノを見る目で私を見ている。〝この花柄はないほうがいいな、ここさえ欠けていなければ値がついたかもしれない、このラインは安っぽいが人の心をとらえる〟というように。

それはびっくりするほど冷徹なまなざしで、それに気づいてごくりと息をのむ私の心の変化までをひとつの文様として見ているように思える。

午後、彼は花を持ってきた。

サンドウィッチとサラダを食べて、私たちは和やかだった。私はまだ寝たきり状態で、キスをする度、

「すごい酒臭さ。二日酔いも粘膜からうつりそうだな。」

と彼は笑った。それは花、特に白いユリみたいな香りがしそうな笑顔なのだ。

冬も終わろうとしていた。こんなに幸福な室内にいるのに、窓の外は恐ろしく乾いているような気がした。渡る風は空をきしませているように思えた。

きっと室内が甘く、温かすぎるからだろうと私は思った。

「あ、そういえば。」私は言った。甘く温かいからの連想だった。「最近、いつも寝しなに同じ夢みたいなのを見るんだけど、幻聴のはじまりなのかと心配なのよ。幻聴っ

てあんなに気持ちいいものなのかしら。アル中って、このくらいでそんなになっちゃうのかしら。」

「まさか。」彼は言った。「少し依存の傾向が出ているにしたって、そりゃあ、今、君がひまだから、つい飲みすぎてしまうからだろ。また仕事がはじまりゃ元に戻るし、今くらいのんびりとそういう生活してたっていいに決まってるのさ。ところでそれ、どういう夢なの？」

「夢っていうかね。」やっと痛みと気持ち悪さのやわらいできた気分で、私は必死であの幸福感をたぐり寄せようとした。「うーん……酔ってベッドに倒れ込むでしょう。そうすると吸い込まれそうになって、自分がすごく懐かしい所を目をつぶって歩いているような気分になるの。いい匂いがして、安心で、そしていつも同じ歌がかすかに聴こえてくるの。涙が出ちゃうような甘い声、それは歌ではないのかもしれない。でも、メロディのようなものなの、かすかで、遠くて、至福を歌ったもの。うん、いつも同じメロディなの。」

「そりゃ、あぶないわ。アル中だ。」

「えっ。」

眉《まゆ》をひそめて私が驚くと、水男は笑って言った。

「うそだよ。実は俺、そういう話聞いたことあんの。よく似た話。それは、誰かが君になにかを言いたくなっているんだって、いうよ。」

「誰かって、誰よう。」

「誰か、死んだ人だよ。そういう人いない？　知り合いで。」

しばらくよく考えてみたが、とりあえずはいなかった。私は首を振った。

「死んだ奴《やつ》が、生前親しかった奴になにかを言いたい時に、そういうふうに伝えるんだってよ、ほら、酔ってる時や、寝しなって、シンクロしやすいから、そういう形で。そういう話どっかで聞いた。」

急にぞうっとしてきて、私は肩までふとんをかけた。

「ねえ、それって必ず知人なんでしょう？」

私はたずねた。知らない死者が耳元で歌っていたら、どんなに幸福感があったっていやだと思ったからだ。

「そうだってよ……なあ、もしかして春じゃないか？」

水男は言った。

水男はカンがいい。私は確かにドキッとして、ああそうかもしれないとすぐに思った。それは確信に近い手ごたえだった。消息のない春、最近、なにかと浮かんでくる春の思い出。

「調べてみなよ。」

「そうね……友達に聞くとかしてみるわ。」

私は言った。彼はうなずいた。

水男はなにを聞いても決して頭ごなしに否定したりしない。ご両親の教育が良かったのだろう。なんといっても、彼の名の「水男」、こんな名前や、その由来はなかなか思いつけない。なんと、彼のお母さんは若い頃一度、やむなく子供を堕《おろ》したことがあるので、「水子の分まで幸福に」という願いを込めてつけたというのだ。

普通、つけるか？　そんな名前。

部屋の中は彼の持ってきた白ばらの甘い香りで満ちてきた。私は、今夜はこの香りがあれば、あんまり飲まずに眠れるかもしれないと思った。私たちはまたキスを交わし、抱き合った。

「春なら死んだよ。」

あっさりと、やはりそう言われてしまって、びっくりした。

男と私と春の共通の知人が現在は真夜中のコーヒー屋でバイトしていると水男から聞いていたので、なにか聞けるかとわざわざタクシーを飛ばして行ったのに、あんまりだった。これなら電話で済む。私は彼の目をじっと見つめて、それが冗談ではないことを知った。ウエイター姿の彼は、混み合った店のカウンターの向こうで皿をふきながら暗い目をしていた。

「外国で？　なにが原因？　エイズ？」

私はたずねた。

「酒だよ、酒。」

彼は小さな声で言い、私は二回分、ぞうっとした。一瞬、この体にも呪《のろ》いがかかっているように思えてしまったのだ。

「酒びたりになって、パトロンの部屋でさ。アル中専門の病院を出たり入ったり、最後はもうめちゃくちゃだったらしいよ。パリから帰ってきた俺の友達が、親しい奴に話聞いたってさ。」

「……そう。」

私はコーヒーをぐいっと飲み、その味を確かめるように、小さくうなずいた。

「君たち、ぐちゃぐちゃに仲悪かったじゃん。なんでまた、今さら。」

「そで触れ合うも他生の……じゃないけど、あれっきり消息がわからなかったから、どうしてるか知りたくなってね。私は今、水男といて幸せだから。」

「そういうのってあるよな。」

春と男とまるで三人で暮らしていたような頃、彼はバーテンをしていて、よく私は彼のいる店にくだを巻きに行ったものだった。彼は昔からいつでも他人のことはどうでもいい人だったので、なんでも話しやすかった。彼の姿が暗い店明かりに浮き上がっているのをじんと見ていたら、あの頃の日常の空気をまるごと思い出した。けだるくて、明日がなくて、燃えていた。よみがえったその感触は、決してもう一度そこに身をひたしたいというものでもなかったが、奇妙な感傷を呼んだ。

「そうか、春はもうこの世にいないのか。」

私が言うと、カウンターの向こうで古い友人はうなずいた。

部屋に戻り、ひとりで、春の追憶のための酒を飲んだ。今夜はたくさん飲んでもいい気がしたので、思い切り気持ちよく飲むことができた。いつもなんとなく春のことを思う度にぼんやり見えていたTV画像のようなエッフェル塔も今夜は見えなくなっていた。代わりに、ありあまるエネルギーの使い道を失ったので、いつしかお酒にのめり込んでいく春の心象世界が見えた。男が去って以来、自分を立て直せなくなった春のことがよくわかった。そのくらい、自分の持てるものをすべて出しつくす恋だったからだ。男もひどく魅力的だったけれども、私には春が、春には私がいたからあれだけがんばれたのだ。男はそれを面白がったのか、息苦しく思ったのか、よくどちらかを家に呼んでおいて、もうひとりと逢《あ》ったりした。おしまいのほうでは、私と春を二人家に置いて、ひと晩中帰らないなんてしょっちゅうだった。

私は生来不器用で、料理も、ちょっとしたつくろいものも、小包のひもをしばるのも、段ボール箱を作るのも、やっとの思いなのに比べて、春はそういうのが得意で、そういう場面になる度に「不器用ねえ。」とか「親の顔が見たいわ。」とか言って遠慮なく私をののしった。その代わり私も春の胸のないのや、服のセンスのひどいのを平気で指摘した。男は、良いものはほめ、悪いものは正直に悪いと言うような奴だったので、女たちのコンプレックスにも拍車がかかったのだろう。

「あんたって本当に料理が下手クソね。冗談じゃないわよ。ママレンジじゃないんだからさあ、うわー、まずそう！」

ある夜、私が八宝菜を作っていたら春は言った。男が昼間、私にかくれて春に逢ったので、私は不機嫌だった。

「あんたみたいな変な服着た女にそんなこと言われる筋合いはないわ。黒のニットは胸がもう少しある人に着てほしいわね。」

いため物をしている私の背中を、春がひじで強くこづき、私はもう少しで手をなべの中につくところだった。

「なにすんのよ！」

私は大声で言った。いため物の激しい音と熱気にまみれて悲痛な声となった。

「よけいなお世話よ。」

春は言った。

「それもそうね。」

私は言って、火を止めた。部屋が静かになったので、二人の沈黙が急に浮いた。その時はもう、二人共、ひとりの少しエキセントリックな男、世の中のことをなめてかかっていて独自の生き方をしているように見えるひどい男の同じ体を、二人が共有していることがまともなのか、日常なのか、異常なのかわからなくなっていた。いろとも言われていないのに、男の部屋にいりびたっていることも、それが二人であることも。ただ私は春の陰気な発声と、ヒステリックにやせた体にイライラしていた。目の前をうろつくだけで、鳥みたいにしめてやりたいと思った。

「どうして、こんなふうにしているのかしら。」春はその時、妙にぼんやりと言った。

「他にも彼のことを気に入ってる女の子はいるのに、あんたと私だけで、彼もいない場所で。」

「なりゆきよ。」

「気が狂いそうなのよ、イライラするの。」

「こっちの言いたいセリフよ。こうなっちゃったんだから仕方ないじゃない。」

私は春の俗っぽい考え方や、明るくないものの見方がたまらなく気持ち悪くて嫌いだった。

「あんた、なにを考えてるの？　本当にあの人がほしいの？」

春は私をしかるように言った。

「ほしい。」

と私は言った。

「だから、あんたなんかとここにいるのよ、あんたみたいなばか……」

ひと言多かったらしく、私がそれを言い終わりもしないうちに、春が私のほほを、
ばちん

と鋭い音を立てて平手で打った。私は瞬間、わけがわからずぼうっとしたが、みるみるうちに右ほほが熱くなるのがわかったので、

「気分を害したから帰る。あんた彼と寝たら？　もし帰ってくればの話だけどね。」

と言って立ち上がった。

バッグを持って玄関を出る時、春は私をじっと見つめていた。その目があんまり大きくてまじめに光っていたので、私は春が、

「待ってよ。」

と言うかと本気で思った。そういう目をしていた。ごめんね、ではなく、むしろ行かないで、のまなざし。でもそんなことは言ってもおかしなことなので、春は黙っていた、のだと思う。

長い髪がその俗っぽい化粧をした白く小さい顔を半分かくしていた。こうやって遠くから見ると、はかなげできれいな子だと思いながら無言でドアを閉めた。

私は、私の知っている他の女たちが彼と寝ることを考えると胸やけがしたり、怒りを感じたが、春に関してだけは、すでにさほどでもなかった。実際、三人でざこ寝している時に二人がはじめてしまったこともあったが、大してなんとも思わなかった。他の女だったらその場で殺したかもしれない。

一緒にいるうちに春に関してだけは、なんとなく男の気持ちが理解できるようになってきたからだ。

中身のことではない。

もしかしたら中身は、ただの神経質で変ないやな女だったかもしれないが、春の外見にはなにか特別なものがあったのだ。まるで女そのものに対する淡いイメージ……下着に映る柔かい影、長い髪の影に見えかくれする細い肩、鎖骨の不思議なくぼみ、胸元の決して触れられない遠い曲線、そういうイメージの固まりが不安定に生きて動いている感じ。春には、それが確かにあった。

今夜も窓の外には、庭木の光るざわめきが見えていた。美しいその光景は、やはりおかしな角度にとがって見えた。容赦のないとがり方ではなくて、光の当たり方で優しく見えるような感じに見えた。

酔っているからだろう。

電気を消すと、明かりがついている時よりも部屋の中のものがくっきり見えた。自分の息の音や、胸の音もよく聞こえた。

そしてかけぶとんをかけて、枕《まくら》にしっかりと頭を沈めた時、やはり聴こえてきた。天使のように清らかな声の響き、淡い感傷、メロディは切なく胸を躍らせた。波のように遠く近く、ノスタルジックに流れてゆく……春、なにか言いたいの？　と私は閉じてもぐるぐる回っているような心の耳を澄ませようとした。でも、春の気配はなくて、ただその美しい旋律が胸を刺すだけだった。もしかしたらこの美しい音色の向こうに、春のあの笑顔があるのかもしれない。いや、憎しみに満ちたののしり声で私の幸福が春の死と紙一重であることを叫んでいるのか。どちらでもいい、ひどく聞きたかった。

春の伝えたいことを知りたかった。眉間《みけん》が痛くなるほど私は集中して、やがて疲れがその音の向こうから眠りの波と共にやってきた。私はあきらめの言葉を胸につぶやいた。まるで、祈りの言葉のように。

悪いねえ、春。聞きとれないや。ごめんね、おやすみ。

「やっぱり、春、死んでた。」

私は言った。水男は少し目を丸くしただけで、

「そう、やっぱりそうだったのか。」

と言い、窓の外に目を向けた。

夜景がすごかった。

十四階とはいえ、相当なものだ。たまには高い場所でごはんを食べよう、と私が言うと、高いって金？　それとも地表からの高さ？　と水男がたずねた。私は笑いながら、どっちも、と言い、ここまで来たのだ。

窓の外中が光る夜の粒々で、圧倒された。車の列は夜をふちどるネックレスだった。

「水男はなんで、春だと思うの？」

私はたずねた。

「君たち、仲良かったから。」

水男は普通に言い、肉を切って口に運んだ。私の手はその時少し止まった。泣きそうになったからだ。

「春が、私になにか言いたいの？」

「俺にはわからないな。」

「そうね。」

私も食事に目を戻した。大したことではないのかもしれない。酒にまみれた私の日常が次のステップに向かって見せているいろんな「心残り」のイメージが春のかたちをしているのかもしれない。今夜もすでにワインを二本空けてしまって（水男と一緒にだが）、視界がぼんやりしてきた。

また朝になってゼロになるまで、無限に映るこの夜景のにじむ感じがこんなにも美しいのを楽しんでいることができるなら、人の胸に必ずあるどうしようもない心残りはその彩《いろど》りにすぎなくても、全然かまわない気がした。

「今から、春に会ってみないか。」

水男がふいにそう言った。

「なに言ってんの？」

私は少しおかしな発声でそう言った。店中の人がちらっと私を見るくらいに、そのくらいびっくりしたのだ。

「知り合いに、そういうことができる男がいるんだ。」

水男が笑って言った。

「うさんくさーい。」

私も笑って言った。

「いや、結構面白いよ。そいつってコビトでね、昔、俺がもっとやばい商売をしている時に知り合ったんだけど、死んだ奴《やつ》と話をさせてくれんの。催眠術みたいなんだけど、それが実にリアルなんだよ。」

水男が言った。

「やったことあるの？　そんなこと。」

私はたずねた。

「うん、俺、手違いで人を殺したことがあるんだ。」

水男はさらりと言ったので、その後悔のものすごい深さがわかった。

「けんかかなにか？」

「いや、こわれた車を貸しちゃってね。」

そして彼はそれ以上言いたくなさそうに話題を変えた。

「後味が悪くてさ、頼んだんだ。……それで、会って話をしたら、うそでもすっきりしたね、やっぱり。それに、俺、君と春って仲良かったって、やっぱり思うよ。間に男が入ってなかったら、きっと君と春はうんと仲良くなれたよ。あの男も今はつまんない奴になって、くだらない生活してるらしいけど、あの頃はぱっとしてただろ。二人共、その輝きに同じように反応してるからきっと似てるんだろうな、とは思っていたんだ。」

水男の冷たさは、その名のとおり冷水のようだと私はあらためて思っていた。風が強いのだろう、窓の下の静止したはずの美しい画像のあちこちで、木やなにかが揺れているのがわかった。車のライトは道路をゆるやかに埋めつくして流れていた。

「俺は君のほうがずっと、好きなタイプだったけど。鼻の低さとか、不器用さとか。」

欠けた花びんに慰めがある、というのと同じような口調だったので、そして私はそういう言い方が好きだったので、やはりこの人を好きだと思った。

「じゃ、行ってみようかな。」

私は言った。

「面白そうだし。」

「そうだよ。」

ワインを飲みながら水男が言った。

「すっきりしたり、楽しいことなら、うそでもなんでもやってみたらいいんだ。気が済みゃ、なんだっていいんだ。」


水男に連れられて行ったそこは、どこにでもあるようなカウンターだけの地下のスナックだった。店番をしているのは、確かにコビトだった。その全身のバランスの悪さを除けば、なんの違和感もない人物だった。彼はしっかりした瞳《ひとみ》で私を見つめた。

「君の恋人かい？」

コビトは突然水男にたずねた。

「うん、文《ふみ》ちゃんって言うんだ。」

私は軽く頭を下げて、初めましてと言った。

「こちらは僕の友人で、コビトの田中くんだ。」

水男が言うと、彼は笑って、

「まあつまり、外人で言えば、スミスというようなものだよ。」

と言った。最高にうさんくさかったが、そこにある知性が信頼を感じさせた。彼はカウンターから小さなドアをひょいと開けて出てくると、入口に歩いて行って重いドアのカギをかけた。

「死んだ人に会いに来たんだろ？」

田中くんは言った。

「そう。たまには商売しろよ。」

水男が笑って言った。

「最近、やってないんだよ、これ。体力いるんだよ。高くつくよ。」

田中くんが言い、私を見た。

「いつ頃の人？」

「少し前、二年くらい前から会ってない女の子。同じ男の人を取り合ってたの。」

私はどきどきしながら、言った。

「なにか、飲み物いただけます？」

「うん、俺もほしいな、ボトルを入れるよ。」

「じゃあ、今夜は貸し切りだ。」

田中くんは言って、はしごに登って高い棚からボトルを取ってきた。そして器用な手つきで水割りを作りはじめた。

「この人、最近飲みすぎだからさ。」

水男が笑って言った。

「うんと濃く作ってやって。」

「おお、わかった。」

田中くんが笑い、私も笑った。いつも思う。水男は私を信じていて、きちんと大人扱いする。そのことが、とほうもない安心を呼ぶのだ。きっといくつになっても、人は扱われ方によって色を変えるところがあるように思える。水男はいつも人を使うのが上手だった。私たちは乾杯をした。

「しかし、男を取り合った女に、どうして会いたいのかね。」

田中くんがそう言って首をかしげた。濃い水割りの味で口がしびれるようだった私は、

「本当はお互いを好きだったからみたい。」

と正直に言った。

「少しレズっけのある二人だったみたい。」

田中くんは、ははは、と大笑いして、いい子だね、君は、と言った。私はその小さな靴や、小さい手の形をぼんやり見ながら、もし春に会えたらなにを話そうかと考えていた。しかし、なにも思いつかなかった。

「さて、はじめようか。」

一杯飲んだところで田中くんが言った。水男は口数が少なかった。きっと前、自分がここに来た時のことを思い出しているのだろう。

「はじめるって？」

私はたずねた。

「簡単だよ。薬もいらないし、数をカウントすることもない。目を閉じて黙っていれば、ある部屋へ君は行く。そこが面会室だ。ところで注意しておくけど、もし、相手に誘われても決してドアの外に出てはいけないよ。耳なし芳一《ほういち》の例もあるだろ。よくいるんだよ、出てしまって戻ってこられなくなる人が。永久に戻らなかった人もいたよ。だから、気をつけて。」

こわくなって私が黙っていたら、

「大丈夫だよ、君はしっかりしてるから。」

と水男が笑った。私はうなずいて、目を閉じた。田中くんがカウンターを再び越えてきた気配を感じた時、すぐに体中がすうっと冷えたのがわかった。

そして気づくと、私はもうその部屋にいた。

そこは妙にせまく、すりガラスの小さな窓のある変な部屋だった。私は古びた赤いソファーにすわっていて、テーブルもない真向かいにも、同じ形の小さなソファーがあった。昔、遊園地にあった「ビックリハウス」によく似ていた。自分が回らなくても壁がぐるぐる回って、家が回っていると錯覚してしまうやつだ。照明も薄暗く、なんだか滅入《めい》った気持ちになった。そして、木のドアがあった。

私は、触れるだけならと思い、そこについているノブに手を伸ばした。鈍い金色で、ひんやりしている細いノブだった。手のひらにそれがおさまったとたんに、なにかの振動がじんじんと伝わってきた。言ってみればそれは、外にものすごいエネルギーが渦巻く中の静かな場所、台風の目や、結界のように、なにかを押しとどめるような感触だった。体中がざわざわとして、自分がドアの外の世界を本能的に恐れているのがわかった。

そして、人によってはここでこのドアを開けたくなってしまうことも、よくわかった。水男もきっとそうだったろうということが。何人もの人が出て行ってしまい、きっとそれっきりになっているのだろうことも。

……なるほど。

と私はドアを離れて、ソファーにすわり直した。頭がしっかりしてきた。木の床をとんとん鳴らしたり、ざらざらしたベージュの壁を触ってみたりした。とてもリアルだった。田舎の無人駅の待合室のように不自然で、圧迫感のある部屋だった。

その時だった。ドアが急にばたん、と開いて、身をひるがえすようにするりと、春が入ってきたのだった。

びっくりしすぎて、声も出なかった。

春の肩ごしに一瞬、外がいちめんに重い灰色をしていて、なにか嵐《あらし》のような音がごうごう鳴っているのがちらっと見えた。そのことが、春がやっぱりここに来たことより何倍もこわかった。

「久しぶり。」

春はそう言うと、唇をとがらせて少し笑った。

その笑顔も、この部屋、この部屋の外の恐ろしい灰色にあっという間に吸い込まれてしまうように心細く感じた。

「あなたに会えてよかったわ。」

私は言った。言葉はすらすらと出てきた。

「会いたかったことがわかってよかった。私は本当は、あなたのことをとても好きだったし、あの日々は独特の緊張感があって、楽しかった。それは相手が春だったから。私にとってあなたは意味のある子だった。いろんなことを、あなたといていつの間にか知ったわ。もっと話したいことがいくらでもあったのに、あまり話せなくて残念だったみたい。」

必ずしもすべて本心とは言えなかった。懺悔《ざんげ》のようなものだ。遠ざかる船に向けて叫ぶ愛のようなものだった。

でも、春はうなずき、相変らずの細い首と黒い服で、

「あたしも。」

と言った。

「ほらほらねぇ、ちょっと見て。」

春は立ち上がった。長い髪がちょっとだけ、さらっと私の手に触れた。本当にさらっとくすぐったかった。

そんなことを確かめていたら、春はふいにがちゃっとドアを開けた。

私は身がまえた。

〝もし誘われても、出てはいけない〟

春はくすっと笑って、私の心の汚なさを軽く受け流した。

「ばかね、見せるだけ。ほら、あたしが頭を出してみせるよ、ね。」

春は首をひょい、とその灰色の世界へ出した。とたん、髪が、音もないのにものすごい勢いでなびき、乱れはじめた。春は上を見上げたまま言った。

「いつか、こんな嵐の日に部屋にあんたと二人でいたわねえ。ちょうどこんな感じ。あたし今ねえ、こんな嵐の中を目をつぶってやってきたのよ。あんたにひと目会うために。たとえばあの男のためには来ないわよ、大変なんだから、ここまで来んのっ

て。」

「私も。」

私は言った。

「会うべきっていう気がしてた。」

「あたしが呼んでたからよ。ここしばらく、うろうろしてたからね、あんたのそばを。」

春は言った。

春は私の知っている春よりも、ずっと大人びていた。

「どうして？」

私はたずねた。

「わかんない。あんたといた時、淋《さび》しくなかったから。他のいつも淋しくなかったけど、あんたのこと考えると、あんたのいた時がいちばん淋しくなかったみたい。あの時、あの嵐の時も、あたしあんたにキスしたかったみたい。」

春は無表情にそう言った。

「嬉《うれ》しいわ。」

私は言った。たまらなく悲しかった。外の灰色があまりに重かったので、春の髪があまりひどく乱れて風に舞うのを見ていたら、過去がいかに遠いのかをふいに悟ったのだ。死よりも、人と人の埋められない距離よりも。

「春。」

私は名を呼んだ。

春は少し笑って、髪を直して、自然な動作でドアに手をかけると、じゃあ、と言って私の手に触れて、ドアの外に消えた。そして私は思っていた。そう、そういえばこんなふうに二人で話をしたことは、あの時一度しかなかったような気がすると。

ばたん、と閉まったドアの音と、手の冷たさがしんと残った。

「おかえり。」

と田中くんが大きい声で言った。

私はきょろきょろして、店の中に戻った自分を知った。

「うわあ、すごかった。いったいどういうトリックだったの？」

私は言った。照れかくしもあったし、素直な感嘆もあった。

「失礼な、本当のことだよ。」

と少しムッとして田中くんは言った。

「まあ、こいつは悪い夢を食べるバクだよ、そういうことだ。」

水男が言った。

「そうそう、それでいいんだ。」

田中くんが言った。

「うん、そうみたい。会えて嬉しかったみたい。なんか今、胸の中から毒が抜けてしまったようよ。」

私は言い、少しずつ現実に戻ってゆく自分の心と体を確かめていた。まるで霧が晴れてゆくように、視界や、呼吸が澄んでいた。

「たくさん運動した後のような気分だろう。」

田中くんが氷水をことん、と私の前のカウンターに出して言った。

「君は今、とても遠くへ行ってきたんだから。」

そう、あの日の嵐。

初秋で、台風が来ていた。

私と春はその頃ぼろぼろに険悪になっていてその一週間はけんかばかりしていた。もう恋が終わりかけていて、なすすべのない時期だったので、いつもイライラして不安だった。男も、もうほとんど家に寄りつかず、そのこともどうでもいい気がしていた。

「外はすごい雷よ。」

私は言った。帰るに帰れず、春に話しかけるより他なかったので、思わず話しかけてしまったのだ。しかし春は意外に普通に答えを返した。

「やあねえ、雷嫌いよ。」

春は眉《まゆ》をひそめた。春の、その表情はとてもエロティックで情けなく、いつも一瞬、みとれるような感じになった。

「文ちゃん、助けてえ。」

ぴかっと、稲光が光り、すぐに叩《たた》きつけるような激しい音がした。春が私にそんなことを言ったのは初めてだったので、ぎょっとして見ると、春は私に向かって童女のように微笑《ほほえ》んでいた。私は悟った。春もわかっているのだ。もう恋は終盤を迎え、私と春は会うこともなくなる。そのことを、知っているのだと。

「近いわよ。」

私が言うと、春はもう一度、

「いやだあ。」

と言って窓から離れ、私の背中にまわってかくれるふりをした。

それはきっと、嵐が来て心細かったせいもあるだろう。

「うそおっしゃい、こわくなんかないくせに。」

あきれた声で私が振り向くと、

「実はほんとに少しこわいの。」

と春が笑った。つられて私も微笑んだ。すると春が驚いたような顔をして言った。

「ねえねえ今、あたしたち、ちょっとだけ心が通じちゃわなかった？」

「うん、通じたかも。」

私はうなずいた。

部屋は外界から閉ざされ、雷は音を立てて遠くからくり返しやってきた。室内の空気は濃く固まり、ひそめた息さえも、その小さな完璧《かんぺき》さをさまたげるように思えた。ある種の貴重さだけがそこにしんと光っていた。もうすぐ終わる。枯れ果てて消える。みんな離ればなれになる。その確信だけがくり返しやってきた。

「あの人、大丈夫かしらねえ。」

閃光《せんこう》が照らす春の横顔は小さくて美しかった。

「ほんとねえ。」

だから、今はそっとしておきたかった。二人で静かに、そっと。

「かさ持ってるかしら。」

「こんな中、持ってても無駄よ。雷が落っこっちゃうわよ。」

「あの人に合うわ、その死に方。」

「早く、帰ってこないかな。」

「うん。」

並んで壁に寄りかかり、ひざを抱えて話した。春とそんなふうに話をしたのは、後にも先にもその時きりだった。雨の音がざあざあと、絶え間なく思考をじゃましていた。ただ、ずっとこうして仲良くこの部屋にいたような気ばかりした。仲の悪いふりばかりしていたような。

「夕立みたいな音ね。」

「うん、こんなすごい雨、久しぶりね。」

「どこにいるのかしら。」

「なんでもいいから、無事でいてほしいわ。」

「大丈夫よ。」

「うん、大丈夫。」

春はその細いあごを抱えたひざにのせたまま、優雅に、そして強くうなずいた。

水男と二人、田中くんの店を出たのは夜明け近かった。歩きながら、私はたずねた。

「ねえ、実は私、どのくらい意識を失っていたの？」

「二時間近かったな。飲んで待ってたら、すっかり酔っちまったよ。」

人っ子ひとりいない路地裏には、水男の声が高らかに響いた。

「そう、そんなに。」

春といたのはほんの短い間だったので、私は少し驚いた。それにしてもさっぱりした気分だった。月や星の光が、何年かぶりにと思えるくらいにくっきりと、洗われたように明るく見えた。歩くことすら嬉しくて、自然と速足になった。春、天使の歌、コビトの霊媒、春……。

「いいんだよ、気分が晴れれば。」

ふいに水男がそう言って、私の肩を抱いた。

「今は考えるな。」

私は黙ってうなずいた。

毎晩、飲みすぎていたのは偶然だったのだろうか。

その時春はいつも近くにいたのだろうか。
あの美しい歌は、春の呼びかけだったのだろうか。
さっき私はどこへ行ったのだろう？
コビトは何者なのだろうか。どうしてあんなことができるのだろうか。
あれは本当に死んだ春だったのだろうか。
それとも、私の心のひとり芝居か？
そうして春は去り、私はここに残る。
あらゆる謎《なぞ》を超えて、気持ちのいい夜風が今の心をさらっていった。
「なんだか、明日から酒量が減るような気がする。わざとらしいかしら。」
私は言った。
「でも、どう考えてもそう思う。」
「きっと、そういう時期にさしかかったんだよ。」
水男は笑った。
水男の中ではすべてが「時期」なのだろうか。私のことも、私といることも。
優しすぎるということは、きっと、冷たすぎるからなのだろうか。
先のことなんかさっぱりわからず、しかも、これ以上愛したら私は透きとおってしまうのではないだろうか。

新しくはじまる生活の中で、二人はどうなってゆくのだろうか？

しかし、

水男の笑顔はやはり、じかに心に届くような、この寒くて美しい夜にそっくりな気がした。この夜を共に過ごしていることや、すべてのことが過ぎ去るものならそれは、それでいいということが、貴重に手の内で光っているように思えた。あの頃、春といた時のように。

そして、どっちにしてもきっとあの、ぞっとするほどきれいな歌声も、もう聴けないのだろう、と私は悟った。そればかりはとてもつまらないことだった。

あの安心、あの甘さ、あの切なさ、あの優しさ。よかったなあ、と私はライトに照らされた庭木の緑を見るごとに、あの柔らかな旋律のしっぽをかすかにきらりと思い出し、よい香りのようにくんくんと追い求めるだろう。

そして少しも思い出せなくなり、やがて忘れてゆくのだ。

水男に肩を抱かれたまま歩きながら、私はそんなことを知った。

文庫版あとがき

本当によく寝ていた

これを読んで「自分がよく寝ていることをうしろめたく思わなくなった」という感想を聞くたび、とても嬉《うれ》しいです。

私は本当によく寝ていた時期があった。あまりにも寝ていたので足は弱くなり、歩き方も変になり、お肌も調子が悪くなり、性格は暗くなり、なにひとついいことはなかった。復活したときには、冬眠後の熊《くま》のように、世の中と自分を調整することがしばらくむつかしくてたいへんだった。まるで目が覚めたかのように、私は立ち上がった。それからはずっと、あんなふうには寝ていない。

目覚ましの声は男の人のものだった。恋人関係はずっとないが、今でも彼とは友達だ。十九歳の時彼が「友達の結婚式でロスに行って、その帰りに香港に行って飲茶《ヤムチャ》の店に行った」と何の時だか忘れたが発言したとき、なぜだか突然その声が私をゆさぶり「そうか、いつか私もそういう人生になってしまうのだった」とパスポートも持っていないのに悟った。そして「別にがつがつとそうなりたいというのではないが、それだったらこんなことしていてはだめだ」と感じた。

あの声がなかったらいつまで寝ていただろうか？

こういう時私は「前世ってあるのかもしれない」と思ってしまう。影響力のある人が、創作の危機になるときちんと登場し、天職を忘れさせないようにする何かの目覚ましが、セットされているのではないかと思う。

今でも彼の声を聞くたび身がひきしまる思いがする。

それでも、私はあの時期、寝ていて本当によかったと思っている。寝ているとどれだけ調子が悪くなってつまらないかを学んだからだ。それを体で実感できない限り、どこまでが休んでいるのでどこからが怠けているかという、本人にしかわからない絶妙な線を知ることはなかったと思う。

人生は一度しかない。もうたくさん寝たので私は休息以外では眠らなくていい。でもたまにああやって休むことは人生には本当に必要だと思う。うしろめたく思うことはないと思う。自分の人生の時間を配分するのは自分だけだ。

この本を新しく出版することに関わってくださったみなさんに、心から、変わらぬ感謝を捧げます。根本さん、松家さん、増子さん、事務所のみなさん、そして手を貸してくださった方々や読者の方々、ありがとうございます。

2002年 春

吉本ばなな

本書は一九八九年七月、福武書店より刊行され、一九九二年二月に
福武文庫、一九九八年四月に角川文庫として刊行された。

江國香織著
こうばしい日々
坪田譲治文学賞受賞

恋に遊びに、ぼくはけっこう忙しい。11歳の男の子の日常を綴った表題作など、ピュアで素敵なボーイズ&ガールズを描く中編二編。

江國香織著
つめたいよるに

愛犬の死の翌日、一人の少年と巡り合った女の子の不思議な一日を描く「デューク」、デビュー作「桃子」など、21編を収録した短編集。

江國香織著
ホリー・ガーデン

果歩と静枝は幼なじみ。二人はいつも一緒だった。30歳を目前にしたいまでも……。対照的な女性二人が織りなす、心洗われる長編小説。

江國香織著
流しのしたの骨

夜の散歩が習慣の19歳の私と、タイプの違う二人の姉、小さな弟、家族想いの両親。少し奇妙な家族の半年を描く、静かで心地よい物語。

江國香織著
すいかの匂い

バニラアイスの木べらの味、おはじきの音、すいかの匂い。無防備に心に織りこまれてしまった事ども。11人の少女の、夏の記憶の物語。

江國香織著
絵本を抱えて 部屋のすみへ

センダック、バンサン、ポター……。絵本という表現手段への愛情と信頼にみちた、美しい必然の言葉で紡がれた35編のエッセイ。

山田詠美著

ひざまずいて足をお舐め

ストリップ小屋、SMクラブ……夜の世界をあっけらかんと遊泳しながら作家となった主人公ちかの世界を、本音で綴った虚構的自伝。

山田詠美著

放課後の音符《キイノート》

大人でも子供でもないもどかしい時間。まだ、恋の匂いにも揺れる17歳の日々――。放課後にはじまる、甘くせつない8編の恋愛物語。

山田詠美著

ぼくは勉強ができない

勉強よりも、もっと素敵で大切なことがあると思うんだ。退屈な大人になんてなりたくない。17歳の秀美くんが元気溌剌な高校生小説。

山田詠美著

ベッドタイムアイズ・指の戯れ・ジェシーの背骨

文藝賞受賞

視線が交り、愛が始まった。クラブ歌手キムと黒人兵スプーン。狂おしい愛のかたちを描くデビュー作など、著者初期の輝かしい三編。

山田詠美著

蝶々の纏足・風葬の教室

平林たい子賞受賞

私の心を支配する美しき親友への反逆。教室の中で生贄となっていく転校生の復讐。少女が女に変身してゆく多感な思春期を描く3編。

山田詠美著

アニマル・ロジック

泉鏡花賞受賞

黒い肌の美しき野獣、ヤスミン。人間動物園、マンハッタンに棲息中。信じるものは、五感のせつなさ……。物語の奔流、一千枚の愉悦。

柳美里著 **男**

時に私を愛し、時に私を壊して去っていった男たち。今、切ない「からだ」の記憶が鮮やかに蘇る。エロティックで純粋な性と愛の物語。

柳美里著 **仮面の国**

衝撃のサイン会中止が発端だった！ 日本社会を腐食させる欺瞞を暴き、言論界に侃侃諤諤の議論を引き起こした、怒濤のエッセイ集。

柳美里著 **ゴールドラッシュ**

なぜ人を殺してはいけないのか？ どうしたら人を信じられるのか？ 心に闇をもつ14歳の少年をリアルに描く、現代文学の最高峰！

鷺沢萠著 **葉桜の日**

僕は、ホントは誰なんだろうね？ 熱くせつない問いを胸に留めながら、しなやかに現在《いま》を生きる若者たちを描く気鋭の青春小説集。

鷺沢萠著 **失恋**

その恋を失ったのは、いつ、どんなかたちで？ 恋愛小説の旗手が繊細な筆致で描くラヴ・ストーリー。切なく胸に迫る四短篇を収録。

鷺沢萠著 **過ぐる川、烟る橋**

かつて青春を分け合った男ふたり、女ひとり。時を経て、夜の博多で再会した三人は何を得、失ったのか？ 切なく真摯なラブストーリー。

幸田文著
流れる
新潮社文学賞受賞
大川のほとりの芸者屋に、女中として住み込んだ女の眼を通して、華やかな生活の裏に流れる哀しさはかなさを詩情豊かに描く名編。

髙樹のぶ子著
光抱く友よ
芥川賞受賞
奔放な不良少女との出会いを通して、初めて人生の「闇」に触れた17歳の女子高生の揺れ動く心を清冽な筆で描く芥川賞受賞作ほか2編。

群ようこ著
膝小僧の神様
恋あり、サスペンスありの過激な小学校時代には、一人一人が人生の主人公だった。全国一億の元・小学生と現・小学生に送る小説集。

群ようこ著
鞄に本だけつめこんで
本にまつわる様々な思いを軽快な口調で語りながら、日々の暮らしの中で親しんだ24冊の本を紹介。生活雑感ブック・ガイド。

向田邦子著
思い出トランプ
日常生活の中で、誰もがもっている狡さや弱さ、うしろめたさを人間を愛しむ眼で巧みに捉えた、直木賞受賞作など連作13編を収録。

向田邦子著
あ・うん
あ・うんの狛犬のように離れない男の友情と妻の秘めたる色香。昭和10年代の愛しい日本人像を浮彫りにする著者最後のＴＶドラマ。

湯本香樹実著

夏の庭
―The Friends―

死への興味から、生ける屍のような老人を「観察」し始めた少年たち。いつしか双方の間に、深く不思議な交流が生まれるのだが……。

湯本香樹実著

ポプラの秋

不気味な大家のおばあさんは、ある日私に奇妙な話を持ちかけた――。『夏の庭』で世界中の注目を浴びた著者が贈る文庫書下ろし。

米原万里著

不実な美女か貞淑な醜女か
読売文学賞受賞

瞬時の判断を要求される同時通訳の現場は、緊張とスリルに満ちた修羅場。そこからつぎつぎ飛び出す珍談・奇談。爆笑の「通訳論」。

米原万里著

魔女の1ダース
―正義と常識に冷や水を浴びせる13章―
講談社エッセイ賞受賞

魔女の世界では、「13」が1ダース!? そう、世界には我々の知らない「常識」があるんです。知的興奮と笑いに満ちた異文化エッセイ。

与謝野晶子著
鑑賞/評伝 松平盟子

みだれ髪

一九〇一年八月発刊。この時晶子22歳。まさに20世紀を拓いた歌集の全399首を、清新な「訳と鑑賞」、目配りのきいた評伝と共に贈る。

森まゆみ著

鷗外の坂
芸術選奨新人賞受賞

東京各地を丹念にたどりつつ、留学、離婚と再婚、嫁姑の不和、子供たちとの生活など、文豪をめぐる人間模様を描く力作評伝。

河野多恵子著
幼児狩り・蟹
芥川賞・同人雑誌賞受賞
幼い男の子に異常な関心を示す中年女性の屈折した心理……。日常の欺瞞性を剝ぎ、歪みの中に人間性の正確な把握を試みた短編集。

河野多恵子著
みいら採り猟奇譚
野間文芸賞受賞
自分の死んだ姿を見るのはマゾヒストの願望。グロテスクな現実と人間本来の躍動と日常生活の濃密な時空間に「快楽死」を描く純文学。

河野多恵子著
赤い脣黒い髪
くちびるへの偏愛「赤い脣」、右半身を恋人にゆだねる「片冷え」など、偏執、誘惑を軸に大人の女のエロチシズムを描く短編集7編。

小池真理子著
水無月の墓
もう逢えないはずだったあの人なのに……。生と死、過去と現在、夢と現実があやなす、妖しくも美しき世界。異色の幻想小説8編。

小池真理子著
欲望
愛した美しい青年は性的不能者だった。決してかなえられない肉欲、そして究極のエクスタシー。あまりにも切なく、凄絶な恋の物語。

小池真理子著
蜜月
天衣無縫の天才画家・辻堂環が死んだ――。無邪気に、そして奔放に、彼に身も心も委ねた六人の女の、六つの愛と性のかたちとは？

坂東眞砂子著　桃色浄土

鄙びた漁村に異国船が現れたとき、惨劇の幕はあがった——土佐に伝わるわらべうたを素材に展開される、直木賞作家の傑作伝奇小説。

坂東眞砂子著　山妣（上・下）
直木賞受賞

山妣がいるてや。赤っ子探して里に降りて来るんだいや——明治末期の越後の山里。人間の業と雪深き山の魔力が生んだ凄絶な運命悲劇。

森　茉莉著　恋人たちの森

頽廃と純真の綾なす官能的な恋の火を、言葉の贅を尽して描いた表題作、禁じられた恋の光輝と悲傷を綴る「枯葉の寝床」など4編。

森　茉莉著　私の美の世界

美への鋭敏な本能をもち、食・衣・住のささやかな手がかりから〈私の美の世界〉を見出す著者が人生の楽しみを語るエッセイ集。

川上弘美著　おめでとう

忘れないでいよう。今のことを。今までのことを。これからのことを——ぽっかり明るくしんしん切ない、よるべない十二の恋の物語。

川上弘美著
山口マオ絵　椰子・椰子

春夏秋冬、日記形式で綴られた、書き手の女性の摩訶不思議な日常を、山口マオの絵が彩る。ユーモラスで不気味な、ワンダーランド。

宇野千代著
おはん
野間文芸賞受賞　女流文学者賞受賞
妻と愛人、二人の女にひかれる男の情痴のあさましさを、美しい上方言葉の告白体で描き、幽艶な幻想世界を築いて絶賛を集めた代表作。

内田春菊著
あたしのこと憶えてる？
ものを憶えられない「病気」のボーイフレンドとの性愛を通して人の存在のもろさと確かさを描いた表題作など、大胆で繊細な九篇。

円地文子著
女坂
野間文芸賞受賞
夫のために妾を探す妻――明治時代に全てを犠牲にして家に殉じ、真実の愛を知ることもなかった悲しい女の一生と怨念を描く長編。

岡本かの子著
老妓抄
明治以来の文学史上、屈指の名編と称された表題作をはじめ、いのちの不思議な情熱を追究した著者の円熟期の名作9編を収録する。

桐野夏生著
ジオラマ
あたりまえのように思えた日常は、一瞬で、あっけなく崩壊する。あなたの心も、変わってゆく。ゆれ動く世界に捧げられた短編集。

倉橋由美子著
パルタイ
女流文学者賞受賞
〈革命党〉への入党をめぐる女子学生の不可解な心理を描く表題作など、著者の新しい文学的世界の出発を告げた記念すべき作品集。

新潮文庫最新刊

新潮文庫編
文豪ナビ 山本周五郎
乾いた心もしっとり。涙と笑いのツボ押し名人――現代の感性で文豪作品に新たな光を当てた、驚きと発見がいっぱいの読書ガイド。

村上護著
きょうの一句
―名句・秀句365日―
芭蕉から子規、山頭火、現在活躍中の俳人まで一日一句ずつ新しい感覚の句を厳選。ファン必携の鑑賞テキスト。歳時記としても便利。

中江克己著
大江戸〈奇人変人〉かわら版
大江戸を騒がせた「個性派」たちが総登場。遊び人、大道芸人から文人や大名まで、その変わり者ぶり、奇行を余すところなくご報告。

西森マリー著
ネイティヴ感覚で英会話
「ハウ・ドゥ・ユー・ドゥ?」なんて超ダサイ。教科書どおりじゃない挨拶の仕方、話の糸口の見つけ方など、〈通じる〉会話を目指す。

楠木ぽとす著
産んではいけない!
わかっていたら産まなかった? 少子化時代の育児地獄。眠れない、話し相手もいない母の孤独。男性も必読の痛快子育てマニュアル。

仲村清司著
住まなきゃわからない沖縄
台風の過ごし方、弁当の盛り付け、大衆食堂や風水占い、オバァ事情など、「カルチャーショックの宝庫」沖縄の素顔がここにある。

白《しら》河《かわ》夜《よ》船《ふね》

新潮文庫　よ-18-6

平成十四年十月一日発行
平成十七年一月二十日二刷

著者　吉《よし》本《もと》ばなな
発行者　佐藤隆信
発行所　株式会社 新潮社

郵便番号　一六二—八七一一
東京都新宿区矢来町七一
電話　編集部(〇三)三二六六—五四四〇
　　　読者係(〇三)三二六六—五一一一
http://www.shinchosha.co.jp

価格はカバーに表示してあります。

乱丁・落丁本は、ご面倒ですが小社読者係宛ご送付ください。送料小社負担にてお取替えいたします。

印刷・株式会社精興社　製本・株式会社大進堂

ISBN4-10-135917-2 C0193